COLLECTION FOLIO

Robert Bober

On ne peut plus dormir tranquille quand on a une fois ouvert les yeux

P.O.L

Robert Bober est né le 17 novembre 1931. Il a été successivement tailleur, potier, éducateur et assistant de François Truffaut. Réalisateur pour la télévision depuis 1967, il a obtenu le Grand Prix SCAM 1991 pour l'ensemble de son œuvre. *Quoi de neuf sur la guerre ?* (Folio n° 2690), son premier roman, a reçu le prix du Livre Inter en 1994.

Pour Joachim et pour Sacha
Pour Henri

Le titre de ce livre est tiré de
Plupart du temps, de Pierre Reverdy

« Je n'avais que vingt ans, mais ma mémoire précédait ma naissance. »

PATRICK MODIANO
Livret de famille

PROLOGUE

Si je préfère de beaucoup l'autobus au métro — et je choisis alors une place sur la plate-forme —, c'est encore à pied que j'aime le mieux me déplacer. Sollicité à tout instant par ce qui s'offre à mon regard, j'ai du plaisir à ignorer les raccourcis pour rentrer chez moi.

J'habite Paris, dans le XIe arrondissement. Au 7 de la rue Oberkampf, avec ma mère et mon petit frère Alex. Seuls. Mon père est mort lorsque j'avais deux ans. En juillet 1942. Ou un peu après, on ne sait pas exactement. Il est mort comme sont morts Gad Wolf qui habitait au 8, comme la famille Polkowska qui demeurait au 18, comme les Kristalka au 38, les Warga au 13, les Dodinek au 16. Ceux-là, je connais leurs noms pour avoir entendu souvent ma mère les nommer. Les noms toujours suivis de l'adresse, chaque fois. Comme pour ne pas oublier. C'est à peu près tout ce que je sais d'eux. Sur mon père, j'en sais un peu plus, mais pour le décrire, il faut que je regarde sa photo. Il y en a une, dans un cadre de cuir brun, posée sur le buffet de la salle à manger. Mais comme toutes les photographies dont la place reste inchangée, avec l'habitude, on finit par ne plus la voir.

Ma mère parle peu de son enfance. Et peu du temps d'avant ma naissance, des rêves qu'elle avait partagés avec mon père. Juste un nom parfois, ou une date.

Mes parents sont nés à Przytyk, un village de Pologne pas très loin de Radom, dont la majorité de la population était juive. Ils s'étaient connus, je crois, au cours de la manifestation de protestation qui avait suivi le pogrom déclenché par des fascistes polonais. Il y eut plusieurs morts et plus d'une centaine de blessés. C'était le 9 mars 1936. Ma mère avait dix-neuf ans, mon père vingt et un. Ils se marièrent l'année suivante.

Orpheline de père, ma mère, née Hannah Horovitz, devint Hannah Appelbaum. Peu de temps après, sur l'insistance de mon père, ils quittèrent la Pologne pour venir vivre en France, bientôt rejoints par ma grand-mère maternelle, que ma mère ne s'était pas résignée à laisser seule.

Fait rarissime pour l'époque, ma mère était son seul enfant. J'ai appris, il n'y a pas si longtemps, qu'avant la naissance de ma mère, ma grand-mère, morte l'an passé et que j'appelais Boubé puisque c'était ma grand-mère, avait eu un premier enfant.

Un garçon qui mourut très jeune de je ne sais plus quelle maladie.

Arrivé en France, mon père qui se prénommait Yankel, se fit appeler Jacques. Ma mère garda son prénom.

Après avoir habité quelque temps dans un petit hôtel du passage Kuszner, mes parents s'installèrent au 7 de la rue Oberkampf, au fond de la cité Crussol, tout près du Cirque d'Hiver. Dans cette cité constituée de cours et d'impasses, où souvent lorsque j'y entre je me revois petit, un menuisier ou un charpentier, je ne sais plus, y avait longtemps travaillé. Il se faisait livrer des arbres entiers débités en planches, sur lesquelles, enfants, nous jouions, malgré les nombreuses mises en garde qui nous étaient adressées. Peut-être, du moins j'aime à le penser, n'était-ce pas le hasard, mais le caractère villageois et familier de ce lieu peuplé d'artisans qui avait conduit mes parents, tout juste venus de leur village de Pologne, à venir habiter là.

Je suis né le 2 mai 1940. Ma mère aurait souhaité m'appeler Joseph, du nom de mon grand-père maternel, Yossel Berish, mais c'était déjà la guerre et la sagesse avait incité mes parents à me prénommer Bernard.

Mon père a été arrêté en juillet 1942, quelques jours après la rafle du Vel' d'Hiv dans des circonstances sur lesquelles je reviendrai.

Il avait jusque-là été employé en qualité de

coupeur de tiges dans une manufacture de chaussures de la rue Julien-Lacroix. J'ai encore chez moi un couteau à parer le cuir que ma mère a conservé et avec lequel je taille mes crayons.

En 1946, lors d'une soirée de bienfaisance organisée à l'Hôtel Intercontinental par l'Union des Sociétés Juives de France, ma mère retrouva un ami d'enfance, Leizer, originaire comme elle de Przytyk, rescapé d'Auschwitz, qui, après de longs mois d'errance en camps de personnes déplacées, était finalement arrivé à Paris. Bon tailleur, il avait trouvé sans difficulté une place de mécanicien, chez un entrepreneur de vêtements pour dames dans la rue de Turenne, et curieusement, alors que ma mère empruntait cette rue tous les jours pour se rendre rue des Francs-Bourgeois, où elle était vendeuse dans une bijouterie-joaillerie spécialisée en bijoux anciens, ils ne s'étaient jamais rencontrés.

Un an après est né Alex, mon demi-frère. En 1949, Leizer, devenu mon beau-père, décida d'aller voir sa sœur, partie adolescente de Pologne pour New York, avec l'espoir de devenir danseuse de music-hall. L'avion dans lequel mon beau-père avait pris place s'écrasa du côté de l'archipel des Açores. Il n'y eut aucun survivant. Il y a de cela douze ans.

Ainsi, je ne me souvenais pas de mon père, mais je me souvenais du père de mon frère, qui, lui, ne s'en souvenait pas.

« Je vadrouille autour de mon passé, j'en ramasse, ici et là, de menus morceaux, il en traîne un peu partout, je tâche à le reconstituer, comme si l'on pouvait exister une fois de plus… »

HENRI CALET

Le Tout sur le tout

1

C'est grâce à Robert rencontré il y a près de trois mois que je vais faire de la figuration dans un film de François Truffaut.

Je revenais de chez un ami qui demeurait rue de Belleville lorsque je suis tombé sur lui. Malgré ses mains et un appareil photographique qui masquaient une partie de son visage, je l'avais aussitôt reconnu. À l'appel de son nom il s'est tourné vers moi avec étonnement. Et, comme si en me dévisageant mon nom lui revenait en mémoire, il l'articula avec application.

— Bernard Appelbaum ?

Et après nos sourires :

— Tarnos 1953 ?... 1954 ?

Les deux. Robert avait été mon moniteur en colonie de vacances à Tarnos, dans les Landes. En 1953 et puis encore en 1954. Et puis plus rien. Nous nous étions perdus de vue. Il y avait presque sept ans de cela.

Après quelques banalités — « Qu'est-ce que tu

fais là ? T'habites le quartier ? » — qui, en raison des années écoulées, nous laissèrent un moment à court de questions, nous avions failli nous séparer sans rien savoir de plus l'un de l'autre. C'est alors, tout en prenant quelques photos à travers la grille de la villa Ottoz devant laquelle nous étions arrêtés, que Robert me proposa de l'accompagner.

Il avait encore quelques photos à faire dans la villa Castel, m'avait-il dit, et il m'expliqua, pendant le trajet, que François Truffaut, qui préparait un film dont une partie importante se situait dans le Paris d'avant la guerre de 14, lui avait demandé de faire quelques photos de lieux de tournage éventuels. L'action ne se passait pas particulièrement à Belleville, mais dans ce quartier, me précisa Robert, il y avait encore beaucoup d'endroits dont l'apparence n'avait pas changé depuis cinquante ans. Truffaut, m'avait-il dit encore, souhaitait tourner à Montmartre, là où il avait passé son enfance, et Robert, qui était devenu son assistant, me rappela que plusieurs séquences des *Quatre Cents Coups* y avaient été tournées. Cependant, pensant que Montmartre, à force d'être filmé, avait fini par ressembler à un décor de cinéma, Robert avait proposé à Truffaut de faire un repérage à Belleville. D'où sa présence ici photographiant le quartier.

J'écoutais parler Robert et je replongeais quelques années en arrière, au temps où il avait été mon moniteur, et comme il me semblait bien me souvenir qu'à l'époque il était tailleur, je m'étais demandé comment il avait fait pour travailler avec Truffaut. Pourtant je n'avais pas osé lui poser la question.

Tout en parlant, et comme pour se mettre à distance de notre conversation, il prenait quelques photos de la villa Castel, un passage étroit au sol carrelé qui débouchait par un jardin privé dans la rue des Couronnes. Il photographia encore, mais pour son seul plaisir m'avait-il semblé, un chat qui nous regardait.

Un peu plus tard, nous étions attablés dans un petit café de la rue des Envierges dont la patronne, Nadine, nous avait serré la main. Robert avait commandé un café et moi un chocolat.

Sur la table, il avait posé son appareil photo — un Agfa —, puis, sur un petit carnet à dos entoilé, avait dressé la liste des lieux qu'il venait de photographier en indiquant très exactement l'endroit et l'heure de la prise de vue.

« Une fois les photos développées, m'a-t-il expliqué, je les montre à Truffaut. Après quoi, il choisit celles qui l'intéressent et on va voir les lieux ensemble.

— Ça se passe toujours comme ça ? »

Mes questions étaient évidemment innocentes, ce qui, peut-être, explique la précision avec laquelle je me souviens encore de cette journée.

C'est ainsi que je me souviens avoir appris que Robert avait passé sa petite enfance rue de

Rébéval, de l'autre côté de la rue de Belleville, qu'au moment où nous nous étions rencontrés alors qu'il photographiait la villa Ottoz, il venait de visiter un pavillon qui lui paraissait correspondre à ce que souhaitait Truffaut, que ce pavillon était habité par un peintre, Pierre Alechinsky — je me souviens en particulier de l'éclat de rire de Robert parce que j'avais compris Alex Chinsky —, mais que cet endroit étant pratiquement occupé par les tableaux du peintre, il en avait trouvé un autre tout à côté.

Il y avait, dans le bistrot de Nadine, située derrière le comptoir, une cloison, dont la partie supérieure était faite de verre gravé, qui séparait la salle où nous étions installés d'une autre, plus petite, généralement réservée à la restauration, car Nadine cuisinait, mais à midi seulement, des plats de ménage pour quelques habitués. Comme, malgré l'heure avancée, on y entendait encore des bruits de fourchettes, il paraissait bien que chez Nadine, et j'en ai fait l'expérience depuis, on ne sortait pas de table sitôt la nourriture expédiée.

C'est de cette salle qu'apparut un homme, un de ceux que l'on remarque sitôt qu'ils apparaissent. Épais costume de velours côtelé marron, chemise de flanelle jaune, cravate de tricot rouge, et, dépassant de sa poche poitrine, là où parfois l'on met une pochette, le fourneau d'une pipe. Une petite barbiche aussi, et à peine de cheveux.

Il s'était avancé avec un sourire qui se prolongea lorsque Robert, l'apercevant, s'était levé pour le saluer.

Je m'étais levé aussi, intimidé, quand Robert, le désignant d'une main ouverte, le présenta :

« Anatole Jakowsky. »

Ils échangèrent quelques propos qui me firent comprendre que le personnage était au courant des recherches auxquelles Robert consacrait son temps. Après quoi, et après avoir réglé à Nadine le montant de son repas, la main déjà sur la poignée de la porte, il se tourna encore vers nous :

« Demandez donc à Nadine la clé de la cave, vous y verrez un chef-d'œuvre de la peinture naïve urbaine. »

Et il sortit.

« C'est un personnage étonnant, me dit Robert, c'est un des plus grands spécialistes de la peinture naïve. Mais pas seulement. Il fait un tas de collections : des pipes, des cartes postales aussi. En particulier sur la guerre de 14 et sur le vélo.

— Tu l'as connu comment ?

— Justement par le vélo. On m'avait indiqué un marchand de bicyclettes anciennes aux Puces de Saint-Ouen. J'y suis allé parce qu'on en a besoin pour le film. C'est là qu'on m'a conseillé d'aller le voir parce qu'il a chez lui plein de documents sur le vélo. Le marchand m'a donné son téléphone, et c'est comme ça qu'on s'est connus. Ses conseils sont précieux. Par exemple, il m'a appris qu'avant la guerre de 14 pratiquement tous les hommes portaient la moustache, et c'est pendant la guerre que la plupart d'entre eux l'ont rasée. C'est une bonne idée pour le passage du temps. Tiens, si ça t'amuse, on aura justement besoin de figuration pour une séquence importante à tourner dans un bistrot. Comme ça tu verras aussi comment on tourne. Qu'est ce que tu en penses ?... Il y aura Jeanne Moreau.

— Euh... oui, je veux bien. Mais qu'est-ce qu'il faudra que je fasse ?

— Rien. T'es assis à une table et tu bois un verre, comme là maintenant. Mais c'est pas tout de suite, ça sera vers la fin avril ou début mai. Il y aura des feuilles aux arbres... oui, pour en revenir à Jakowsky, que nous ne soyons pas nés en France l'un et l'autre nous a très certainement rapprochés. Il est né en Roumanie, à Kichinev, là où il y a eu un pogrom en 1905. Il m'a raconté, parce qu'une partie du film se passe aussi en Allemagne, qu'il avait eu bien avant la guerre le projet de faire le tour de l'Allemagne à vélo. Mais, apprenant les persécutions dont les Juifs commençaient à être victimes, il a solidairement mis fin à son projet... Tiens, finis ton chocolat s'il n'est pas trop froid, a poursuivi Robert après un silence, on va demander à Nadine la clé de la cave de l'immeuble pour voir la peinture dont il nous a parlé. »

C'est à même le mur que nous attendait la peinture annoncée par Anatole Jakowsky. Tous les couloirs de la cave étaient peints, transformés en rues du quartier. Des plaques, peintes elles aussi, en donnaient les noms : rue des Couronnes, rue de Belleville, rue Piat, rue des Envierges bien sûr, puisque nous y étions, la rue Vilin avec son escalier et la passerelle de la Mare dominant la gare de la Petite Ceinture. Le peintre avait reconstitué un morceau de sa ville avec tout ce qu'il fallait de becs de gaz coudés, de maisons de guingois au-dessus desquelles s'étalait un ciel bleu. Il avait peint également la maison de « Casque d'or » sur laquelle était collée une photo de Simone Signoret découpée dans un magazine. Il s'était appliqué aussi, sur un bout de vraie palissade dressée là, à recoller un reste d'affiche annonçant une manifestation devant le « Mur des Fédérés » en hommage aux martyrs de la Commune de Paris, et tout à côté encore, le bistrot de Nadine avec, posé au sol, un véritable casier à bouteilles.

Mais si cette immense fresque résonnait des souvenirs du peintre, curieusement, dans cet enchevêtrement de rues et d'impasses, rien ne signalait la présence d'êtres humains. Pas un promeneur, pas une concierge devant le pas de sa porte, pas d'enfants jouant aux billes ou à la marelle, ni même un chat ou un chien. Seules, d'une maison de la rue Botha dans laquelle était né Maurice Chevalier, des notes de musique sortaient librement d'une fenêtre au-dessus de laquelle on pouvait lire :

Les gars d'Ménilmontant
Sont toujours remontants
Même en redescendant
Les rues de Ménilmu-u-u-uche...

Cette peinture, destinée, on le suppose, à témoigner de ce que fut ce quartier, laissait apparaître ici et là, quelques plaies inquiétantes. Et on imaginait alors l'artiste s'obstiner à faire reculer à coups de retouches successives les continuelles manifestations de l'humidité.

« C'est un retraité qui habite l'immeuble qui a peint le quartier, nous a dit Nadine lorsque Robert lui a remis la clé de la cave, il a commencé il y a plus de deux ans et il y retourne encore presque tous les jours. Des fois je me demande pourquoi il y retourne maintenant qu'il a fini. Il arrive que je descende pour chercher des bouteilles, et je le vois là, assis sur son pliant, et il regarde... Comme pour surveiller les rues.

— Mais ça ne l'inquiète pas, a demandé Robert, toute cette peinture qui s'écaille à cause de l'humidité qui suinte des murs ?

— Ben non, parce qu'il ne s'entend pas très bien avec sa femme, a répondu Nadine, alors pour échapper aux disputes, il prend sa peinture, ses pinceaux et son pliant et il va « au motif » comme il dit. Pour lui, le motif, c'est ce qu'il a dans sa tête. Ça fait pas loin à aller. Je ne sais pas si ce sont ses disputes qui lui servent de prétexte pour descendre ses trois étages ou si c'est le contraire, si ce sont les raccords de peinture qui lui permettent de sortir de chez lui, mais il s'en accommode très bien. Quand il a terminé, il passe prendre un muscadet, ça lui fait une pause, et puis il remonte chez lui avec son matériel et son pliant et il ouvre la télé. Monsieur Jakowsky, il aime beaucoup cette peinture, mais il dit que « c'est une tentative vaine de retenir le temps ». C'est une phrase à lui. C'est vrai qu'on se demande qui viendra faire les retouches quand Monsieur Fernand ne sera plus là pour les faire. »

Nous nous sommes arrêtés sur le terre-plein, sorte de terrain vague herbu, à moins de cent mètres de chez Nadine, sur lequel deux blocs immobiliers étaient implantés. Placé au point de rencontre des rues Piat, des Envierges et du Transvaal, dominant l'escalier de la rue Vilin, il semblait avoir été conçu pour se plonger dans le plus beau panorama de la ville.

« Tu as vu jouer *Casque d'or* ? m'a demandé Robert.

— Avec Simone Signoret ? Oui, je l'ai vu, mais il y a déjà un bout de temps.

— Eh bien, on y est. C'est exactement là que Jacques Becker a tourné plusieurs plans. »

Et Robert me montra l'atelier de menuiserie dans lequel travaillait Serge Reggiani, la boulangerie devant laquelle Simone Signoret faisait stationner un fiacre. Il me parla de la gifle magistrale qu'elle administra à Reggiani à l'endroit même où nous nous étions arrêtés. Il se souvenait encore de la réplique exacte : « J'te demande pardon, mais je l'ai reçue hier. Comme ça on est quitte. »

« J'aimerais bien que Truffaut tourne lui aussi quelques plans par ici, avait-il ajouté, parce que c'est bien quand le cinéma se souvient de ses films. »

Il me semblait voir ce qu'il voyait avant de le voir à mon tour. Dans ce lieu où subsistaient encore quelques morceaux de passé, avec Robert, les souvenirs semblaient retrouver tout naturellement leur place. Et à l'écouter parler avec passion de *Casque d'or*, je le revoyais en colonie de vacances, le soir dans nos chambres, nous parler des films qu'il aimait.

« C'est au petit matin qu'il faut venir ici, quand le soleil se lève derrière nous, en mars ou en avril, a poursuivi Robert. Tu t'achètes un pain au chocolat chez le boulanger qui est là au coin, tu t'accoudes sur la balustrade, et tu regardes. Les gens ne parlent pas encore trop fort, il y a seulement les premiers ouvriers qui vont rejoindre le métro Couronnes pour se rendre au travail, et tu as devant toi la plus belle image d'un Paris qui se réveille. »

Nous nous sommes tus pour regarder Paris qui se silhouettait dans sa lumière de fin de jour d'hiver. En bas, sur le boulevard de Belleville, une sirène de police est venue rompre le silence.

Robert m'a alors donné son numéro de téléphone et son adresse. Il n'habitait pas très loin de chez moi, rue Meslay, de l'autre côté de la place de la République. Nous nous sommes serré la main. Il voulait revoir ce bistrot dans lequel précisément ils avaient besoin de figurants. J'ai promis de l'appeler et nous sommes partis chacun de notre côté. Lui, remontant la rue Piat pour aller voir de nuit un bistrot qu'il n'avait vu que le jour, et moi descendant les escaliers de la rue Vilin pour rentrer chez moi.

Les Films du Carrosse
Tél : BAL 48 61

Film : Jules et Jim

Journée du Mardi 2 Mai 1961
18è jour de tournage
Horaire : 12h - 19h30

Lieu de tournage : Café Victor - Tél : BOT 14 - 99
Impasse Compans (métro Place des fêtes)
Décor : Intérieur Caf'Conc
Extérieur Caf'Conc
Scènes à tourner : Nuit - 7
Jour - 91

Acteurs	Rôles	Costumes	Maquillage	Prêts à Tourner
Oscar WERNER	Jules	prévu	11h30	12
Henri SERRE	Jim	prévu	11h30	12
Marie DUBOIS	Thérèse	prévu	11 h	12 h
Pierre FABRE	l'homme saoul	prévu	11h30	12 h
Figuration : 8 hommes - 8 femmes			10 h	12 h

Accessoires : Photos Gertrude, Lucie, Birgitta, tables rondes couleur sombre - Cigares - piano mécanique - cendriers époque - accessoires décor café d'époque 1914 - rideaux époque - lustres gaz - becs de gaz mobiles - papier à lettres - écritoires -verres et tasses d'époque.

Electriciens équipement 8 h Café Victor - Impasse Compans (rue Compans) Métro : Place des Fêtes - 1h arrêt pour déjeuner - prêt 11h

Machinistes : 8 h rue Piat - chargement matériel - prévoir Borniol pour installation chez Victor (prêt pour midi) 1h arrêt pour déjeuner.

200 Kgs REMY 8 h rue Piat - chargement des pannières costumes figuration et accessoires Caf'Conc Disposition de M.CAPEL pour aménagement du décor Caf'Conc.

1 coiffeuse supplémentaire - 10 H sur place.

Habilleuse - Maquilleuse : 10 H sur place.

Accessoiriste : 9 H sur place - 1 h arrêt déjeuner.

2

C'est derrière la place des Fêtes que Robert avait trouvé ce bistrot. Au fond de l'impasse Compans.

Une enseigne, « Chez Victor — café — jeu de boules », fixée à la grille d'entrée, désignait le lieu. Passé la grille, on se trouvait dans une sorte de cour de ferme au fond de laquelle, accessible par un escalier à claire-voie, était dressée une sorte d'estrade montée sur pattes, entourée d'un garde-fou, comme il en existe encore de semblables, je crois, dans les bals de Robinson, sur lesquelles les orchestres sont juchés.

De là, on voyait en contrebas, à perte de vue, là où s'étendent les communes des Lilas et du Pré-Saint-Gervais, des maisons villageoises entrecoupées de bosquets et de jardins potagers.

C'est dans cet espace proche du havre de paix qui tenait plus de la guinguette que du bistrot que j'allais faire du cinéma, et je n'en revenais pas.

Il n'était pas tout à fait 10 heures et je ne savais

pas où aller, essayant de ne rien perdre de ce qui se passait et dont je ne comprenais pas grand-chose.

« Il doit être à l'intérieur », m'a dit quelqu'un qui déplaçait un bec de gaz lorsque je lui demandai où je pouvais trouver Robert.

On accédait à l'intérieur, chez Victor, par trois marches et en franchissant une double porte vitrée largement ouverte qui donnait dans une première salle aux murs desquels avaient été fixées deux affiches, l'une annonçant un bal au Moulin de la Galette, l'autre une exposition de peintures de Picasso chez Ambroise Vollard. Il y avait une autre salle traversée par le tuyau d'un poêle à charbon où se trouvait le bar, et une autre encore où des jeunes femmes que je supposais être des figurantes se faisaient coiffer.

« Tiens, voilà Bernard », a dit Robert, comme si en dehors de lui quelqu'un d'autre me connaissait.

Quelqu'un d'autre me connaissait en effet, que l'on finissait de coiffer et qui se retourna. Je sursautai de bonheur : c'était Laura. Laura dont j'avais été amoureux il y a sept ans alors que nous étions ensemble dans cette même colonie de vacances de Tarnos et que Robert avait été notre moniteur.

Elle non plus je ne l'avais pas revue, et pourtant le sentiment que j'éprouvais pour elle était bien resté là, étrangement intact.

En promenade, nous marchions l'un près de l'autre, accordant nos pas. À la baignade, je nageais à ses côtés. Et ce fut tout. J'avais quatorze ans et cela me satisfaisait. Il me suffisait de savoir qu'elle n'offrait rien de plus à d'autres. Qu'aucun autre n'avait sa préférence.

Je savais que Laura, comme beaucoup de ceux qui étaient à la colonie, n'avait pas le souvenir de ses parents déportés. Elle avait toujours vécu en maisons d'enfants. Et bêtement, je ne pouvais m'empêcher d'être jaloux de ceux qui, à longueur d'années, partageaient sa vie.

Elle me dit un jour — c'était peu de temps avant la fin de la colonie, et il y avait de l'émotion dans sa voix — qu'elle en avait assez de manger tous les jours dans un réfectoire, de dormir chaque nuit dans un dortoir, de ne lire que des livres sortis d'une bibliothèque, et d'une foule d'autres choses qu'elle aurait aimé faire seule. Je savais ce qu'était ce mal et j'aurais aimé l'embrasser, la prendre dans mes bras, mais je n'osais pas bouger sachant qu'un geste de tendresse ferait venir ses larmes.

L'après-midi même, cependant, je lui avais pris la main et nous avions couru sur la plage jusqu'au moment de pénétrer dans l'eau. Alors, s'offrant aux vagues, Laura s'était mise à rire et rien d'autre ne fut dit.

Maintenant, Laura, moins pâle qu'à ses treize ans, souriait de ma surprise.

« Bon anniversaire, Bernard. »

Bon anniversaire ? Comment pouvait-elle s'en

souvenir ? Par Robert ? Et lui, comment le savait-il ? C'est en l'interrogeant du regard que je me suis rendu compte que, se souvenant du conseil de Jakowski, il s'était laissé pousser la moustache.

« Viens, on va te choisir un costume, » m'a-t-il dit sans faire la moindre allusion à l'anniversaire.

Dix minutes après, j'étais vêtu d'une veste en toile de coton de couleur noire boutonnée haut et d'un pantalon ample en gros velours marron resserré aux chevilles comme en portent les charpentiers.

« Tu sais, je crois bien que c'est celui de Reggiani que tu portes, m'a dit Robert visiblement content. Et pendant que j'y pense, tu n'oublieras pas d'ôter ta montre-bracelet au moment du tournage. »

Pendant que se terminait la mise en place du décor, je suis allé rejoindre Laura qui attendait, accoudée sur la rambarde de la petite estrade. Nous n'avons, bien évidemment, pas évoqué nos souvenirs communs. Les autres, entrecoupés de silences, serpentaient en désordre à travers les sept années écoulées.

Laura m'apprit qu'elle travaillait chez Brentano's, une librairie anglo-américaine de l'avenue de l'Opéra où elle avait été engagée grâce à sa connaissance de l'anglais. Elle l'avait appris lors d'un long séjour dans une famille anglaise qui avait souhaité l'adopter. Laura, bien que touchée, avait refusé, tout en entretenant de bonnes relations avec cette famille au point d'aller la voir de temps à autre et d'y passer quelques jours.

« Quant à Robert, comme toi, je l'avais également perdu de vue. Et puis un jour, il y a près d'un an, il est venu chez Brentano's ignorant que j'y travaillais. Il demandait l'édition américaine d'une « Série noire » : *Tirez sur le pianiste* de David Goodis, *Down There*. C'est comme ça qu'on s'est retrouvés, et c'est aussi comme ça que j'ai appris qu'il venait de travailler avec François Truffaut. Depuis, on s'est revus deux, trois fois. La dernière, c'était peu de temps après que vous vous êtes rencontrés vous aussi et pour me proposer de faire de la figuration dans ce film. C'est pourquoi je savais que tu serais là aujourd'hui. Pour moi, comme ça tombait un mardi, le jour où il n'y a pas trop de monde à la librairie, j'ai pu obtenir un jour de congé sans difficultés. »

Il était prévu que, pour le plan où Truffaut avait besoin de nous, Laura et moi soyons assis à la même table. C'était pour un des plans d'une série appelée 7.

Dans un mouvement réglé avant que la figuration ne soit installée, la caméra posée sur des rails devait suivre latéralement Jim, que jouait Henri Serre, traversant une des salles du café.

« Vous vous aimez, » nous avait dit Robert comme seule indication au moment où Truffaut demanda une répétition mécanique. Nous nous sommes regardés Laura et moi. Elle a souri, et tout naturellement elle a avancé ses mains pour que je les prenne dans les miennes.

J'étais trop bouleversé pour bien comprendre ce qui se passait autour de notre table. Truffaut, alors que je tenais toujours les mains de Laura, est venu vers nous :

« Robert vous a dit ? Vous vous embrasserez lorsque la caméra passera devant vous. »

Robert avait-il dit à Truffaut qui nous étions ?

Le clap fut demandé, et la caméra, sans bruit sur ses rails, s'est avancée, nous a regardés, et s'est éloignée pour suivre Henri Serre. Trois fois. Trois fois, lorsque la caméra est passée, j'ai posé mes lèvres sur celles de Laura, et ce baiser, trois fois donné, ranimait brusquement ce que je croyais être perdu et que les sept années n'avaient pas effacé. Merci François Truffaut.

Après chaque « coupez ! » dit par Truffaut, c'est Laura qui, la première, détachait ses lèvres des miennes. Après le troisième, c'était fini. Tout le monde s'affairait déjà en vue du plan suivant à tourner à l'extérieur du bistrot et je regardais les mains de Laura sur lesquelles les miennes n'osaient plus revenir.

3

Comme il était prévu que je revienne le lendemain, Robert m'avait remis une feuille de service comme à chaque membre de l'équipe de tournage.

Je l'avais sur moi, soigneusement pliée dans la poche, et, dans l'impasse Compans, au moment de franchir la grille d'entrée de chez Victor, je la relisais une fois de plus, comme pour l'apprendre par cœur. Ce qui était le cas :

Film : *Jules et Jim*. Journée du mercredi 3 mai 1961. 19e jour de tournage. Horaire 9 h-18 h. Lieu de tournage : Café Victor, impasse Compans. Métro : Place-des-Fêtes. Tél. : BOT.14.99. Et puis, les numéros des plans à tourner et le nom des acteurs. Seule Jeanne Moreau devait être prévenue par téléphone. Pour les autres, c'était comme pour les figurants : neuf heures prêts à tourner. C'était ce que j'avais fait, bien que Robert m'ait dit qu'on n'aurait besoin de moi que dans l'après-midi. Mais, comme la veille, j'avais surtout retenu les moments des trois baisers de Laura, ça m'intéressait de voir comment se passait un tournage.

Un comédien, non prévu sur la feuille de service, et que je reconnus pour l'avoir entendu chanter des chansons de Bruant Chez Moineau, un cabaret de la rue Guénégaud, était là, parlant avec Truffaut.

Dès qu'il me vit, Robert me demanda si je me sentais capable de conduire un triporteur. Il jugea plus prudent, devant mon hésitation, de me vêtir d'une grosse blouse de peintre en toile écrue : « Tu feras un passage devant le café cet après-midi en portant sur l'épaule une échelle de peintre en bâtiment. »

Je n'attendis pas longtemps pour me féliciter de mon hésitation. Un technicien, par jeu, venait d'enfourcher le triporteur, et, se penchant du mauvais côté pour prendre un virage, se renversa, accompagnant le triporteur dans sa chute. Chute à laquelle succéda aussitôt un éclat de rire de toute l'équipe, dont Truffaut, que bêtement je n'imaginais pas rire aux éclats. Je l'avais échappé belle.

Comme prévu sur la feuille de service, arrivèrent successivement par la grille d'entrée restée ouverte une « voiture auto Mansion touriste 1914 » et une « voiture hippo livraison 1914 ».

J'assistais à ces va-et-vient du haut de l'estrade, là où — c'était encore si près — j'avais passé un long moment avec Laura. Près de moi, un figurant était plongé dans la lecture de *La Guerre sociale*, un quotidien anarchiste qui, la veille, avait servi d'accessoire de jeu. Le titre : « Je vous dis : Merde ! » s'étalait sur toute la largeur du journal.

Ce journal, j'ai eu le temps de le lire moi aussi, car c'est seulement en fin d'après-midi que je fus appelé pour faire, devant le café, avec l'échelle sur l'épaule, le passage dont m'avait parlé Robert.

Pour ce plan, que Truffaut avait appelé « Catherine et Jim manquent leur rendez-vous », mais nommé 38 H sur le clap, la caméra avait été placée dans le bistrot en direction de ce qui était censé être la rue. Et c'est au moment où Jeanne Moreau descendait les trois marches que, venant du côté inverse, je devais passer avec mon échelle et croiser la voiture de livraison tirée par le cheval. Après quoi, au moment où Jeanne Moreau, déçue, ressortait du bistrot, la voiture dite touriste passait à son tour suivie du fameux triporteur. Tout ayant parfaitement été réglé, il n'y eut que deux prises.

Dans ce bistrot où grâce à Robert j'avais retrouvé Laura, j'y suis revenu. Pour la revoir encore. Lorsque je lui avais demandé son adresse, elle m'avait dit de l'appeler chez Brentano's : « À la librairie c'est plus simple, j'y suis tous les jours du mardi au samedi. » Au téléphone, nous avions convenu d'un rendez-vous pour le lundi 22 mai et j'avais pensé que c'était bien que ce soit là, chez Victor, à la place où nous avions joué les amoureux.

J'étais venu en avance, et sans l'équipe de tournage le lieu semblait avoir changé. Une plante qui avait pris naissance au pied de la grille d'entrée, et qui au moment du tournage n'avait pas retenu mon attention, s'étirait contre le mur. Il n'y avait plus, à l'intérieur, le phonographe à pavillon, ni les affiches, celle qui annonçait l'exposition de Picasso et celle du Moulin de la Galette. Des tables et des chaises avaient été installées sur l'estrade, dont certaines étaient occupées par des joueurs de boules. « Des Piémontais, m'a dit un peu plus tard Monsieur Victor, le patron du bistrot. Ils viennent pratiquement tous les jours. Que des hommes. » Ils s'étaient arrêtés de jouer pour boire une bière avant de reprendre leurs parties. Mais leur présence ne me dérangeait pas. En raison du beau temps, l'intérieur du café étant désert, j'étais heureux de pouvoir m'asseoir à la table où j'avais tenu les mains de Laura dans les miennes.

Personne ne passa avec une échelle sur l'épaule lorsque, comme l'avait fait Jeanne Moreau, Laura descendit les trois marches accédant au café. Nous avons souri. Moi, à ce souvenir, elle, parce que, comme elle s'y attendait, j'avais choisi cette table.

Elle m'embrassa sur la joue, amicalement, avant de commander, elle aussi, une grenadine.

Ce baiser prudent qu'elle me donna aurait dû m'alerter. Il n'en fut rien tellement j'avais attendu cette rencontre. Assis à cette table de bistrot, si près de Laura, en cette journée proche de l'été, quelque chose d'elle me parvenait, comme dans ces moments passés en colonie de vacances, et ce quelque chose d'étrange, de presque mystérieux, me troublait trop pour que je comprenne alors que c'était de l'amour. Malgré toutes ces années d'éloignement où nous nous étions perdus de vue, ces moments avaient laissé leur empreinte, ravivés par nos mains serrées et les baisers qu'à la demande de Truffaut nous avions échangés.

Notre conversation commença par le silence que je redoutais depuis que nous avions pris rendez-vous et que Laura tentait de combler en buvant sa grenadine à petites gorgées. Et je me demandais si les baisers dont je n'osais pas chercher le souvenir sur ses lèvres annonçaient une histoire dont ni Truffaut ni Robert n'avaient soupçonné l'importance.

Alors nous avons parlé de Robert.

Savait-elle comment il avait fait pour pénétrer le milieu du cinéma ? Oui, elle savait.

« Oui, lorsque nous nous sommes revus, nous avons déjeuné ensemble dans un bistrot près de la librairie. Et comme toi, me souvenant moi aussi qu'à l'époque où il avait été notre moniteur il était tailleur, je lui ai posé la question. Parce que d'aimer le cinéma, je savais bien que ça ne devait pas suffire pour être l'assistant de Truffaut. Déjà, il n'était plus tailleur, il avait fait d'autres métiers, comme potier. Et là, il travaillait comme employé de bureau je crois, quand il a pris contact avec Truffaut. Il avait lu dans un journal, *France-Soir* je crois, oui c'était *France-Soir* parce que lorsqu'il m'a raconté ça il m'a dit : « Tu vois, il n'y a pas de mauvaises lectures. » Alors dans *France-Soir* il y avait une annonce disant que Truffaut cherchait des enfants de treize ans environ, des garçons, pour jouer dans un film. Alors du coup, Robert lui a écrit pour lui dire que, peut-être, pour s'occuper des enfants pendant le tournage, il aurait besoin de quelqu'un. Mais il n'a pas eu de réponse. Alors au bout de quinze jours, Robert a décidé d'aller voir Truffaut qui l'a reçu et qui se souvenait bien de sa lettre. Il n'avait pas pris le temps de répondre parce qu'il était en pleine préparation de son film, et puis il ne croyait pas avoir besoin de quelqu'un parce qu'il avait déjà des assistants qui pourraient s'occuper des enfants. Robert était un peu déçu mais il était content quand même d'avoir pu bavarder avec Truffaut. Il lui avait raconté les colos, les petits spectacles qu'il montait avec nous, tout ça. Surtout qu'au moment de franchir la porte, Truffaut l'a rappelé pour lui passer un scénario. C'était *Les Quatre Cents Coups*. Il lui a dit : « Lisez le scénario, si vous voulez bien, j'aimerais avoir votre avis, un avis de quelqu'un d'extérieur au cinéma, et vous me rappelez pour m'en parler. » Bon, il n'était pas engagé, mais déjà à peine dans l'escalier il avait ouvert le scénario pour le lire. Ils se sont revus quelques jours après pour en parler. Je ne me souviens plus de ce que Robert m'a raconté de leur conversation sauf qu'ils ont parlé de *Zéro de conduite* de Jean Vigo. Oui, c'était au moment où il travaillait dans un grand bureau, parce que quelques semaines après, le tournage était déjà commencé, Truffaut, un soir, l'appelle au téléphone. Il lui dit qu'il avait raison et s'il pouvait venir pour s'occuper des enfants, ce serait bien. C'était pour toutes les scènes qui se passaient à l'école. Parce que les enfants chahutaient dans la cour, et chaque fois qu'il y avait un plan à tourner avec un ou deux comédiens, les enfants faisaient trop de bruit et ça dérangeait pour le son. Tu imagines la joie de Robert. Il a dit à Truffaut qu'il ne pouvait pas venir dès le lendemain, qu'il lui fallait une journée pour avoir l'air malade au bureau, mais qu'il serait là le surlendemain matin. Robert m'a raconté qu'il voulait tellement que ça marche, qu'il avait déjà de la fièvre en arrivant à son travail. Au point qu'à la tête qu'il avait, son chef de service lui avait dit de rentrer chez lui pour se soigner, mais Robert, pour que ça ne paraisse pas suspect, lui disait que ce n'était rien, que ça allait passer. C'est pourquoi, lorsqu'il n'est pas venu au travail le lendemain, ça n'a étonné personne, mais Robert, lui, était déjà sur les lieux du tournage. Il a emmené les enfants dans le préau de l'école — il y avait une classe entière — et il a organisé des jeux de mime, enfin tu sais, tous ces jeux calmes qu'on faisait en colo les soirs de veillée. Si bien que Truffaut a pu tourner normalement. Le problème c'est que Robert, à organiser tous ces jeux, ne pouvait pas assister au tournage alors qu'il aurait aimé voir comment ça se passait. Mais il m'a dit qu'il y a eu un moment formidable, c'est lorsque le soir, après le premier jour de tournage, Truffaut lui a dit : « Je suis très content, ça s'est bien passé, et si ça vous intéresse, je vous emmène voir les rushes de ce qu'on a tourné hier. » Et Robert, assis en voiture à côté de Truffaut qui l'emmenait voir ce qui avait été tourné la veille, a eu à ce moment le sentiment que le cinéma lui ouvrait les bras. L'autre grande joie, c'est lorsqu'à la fin du tournage Truffaut lui a dit, parce qu'il le connaissait un peu mieux : « Je sais que vous voulez faire du cinéma, alors si vous voulez, je vous prends comme assistant pour mon prochain film. » Lorsque Robert m'a raconté tout ça, il a conclu par : « Voilà le conte de fées. » Et tu vois, Truffaut a tenu parole parce que Robert a travaillé sur *Tirez sur le pianiste*, le bouquin qu'il était venu chercher à la librairie, et puis là, maintenant sur *Jules et Jim.* »

Plus j'écoutais Laura, plus je me demandais pourquoi Robert avait pensé nous réunir pour ce tournage. À quel moment l'idée de nous faire jouer ensemble les amoureux lui était-elle venue ?

Le savait-il avant le tournage ? Ou est-ce Truffaut qui, au dernier moment, le lui avait demandé ?

Alors j'ai fait comme le jour du tournage, j'ai pris les mains de Laura dans les miennes. Elle n'a fait aucun mouvement. Elle m'a seulement regardé avec une sorte de bienveillance un peu triste et je compris que les choses devaient en rester là. Que les baisers du tournage chaque fois interrompus par les « coupez » de Truffaut n'étaient que des baisers trompeurs comme doivent l'être les baisers de cinéma. Qu'ils auraient dû me laisser entrevoir comme autant de signes, qu'allait être tranché ce sentiment qui, en moi, s'était imprudemment hasardé. Je retirai mes mains.

« Tu avais pourtant accepté de m'embrasser.

— Parce que Robert nous l'avait demandé.

— Non, c'est Truffaut. Robert nous avait seulement dit d'être amoureux l'un de l'autre.

— C'est la même chose », a répondu Laura.

Nous étions aussi maladroits l'un que l'autre dans cette conversation, et comme s'il avait cherché à nous en distraire, un chat venait de sauter sur le comptoir en zinc et s'y allonger comme pour y trouver un peu de fraîcheur.

Nous sentions bien que le temps était venu de se séparer, que Laura devait en prendre l'initiative, et le faire avec précaution, sachant qu'en raison de mon désarroi j'aurais été incapable de le faire sans brusquerie.

« Laisse-moi partir la première », a-t-elle dit

alors. Et après m'avoir donné le même baiser qu'en arrivant, elle se dirigea vers la porte du bistrot restée ouverte. Elle eut un instant d'hésitation, et, comme si son corps l'avait précédée, elle s'arrêta au moment d'aborder les trois marches. Comprenant peut-être qu'envahi par le chagrin je ne cherchais même plus à sauver quelque chose, Laura revint sur ses pas et posa ses lèvres sur les miennes. Puis, après m'avoir fait signe de ne pas bouger, sachant que je la regarderais partir, elle est sortie sans se retourner.

Ce dernier baiser donné eut pour effet de nous éloigner l'un de l'autre et je m'étonnai à peine de cette contradiction.

Laura partie, il restait sur la table de bistrot l'album de photographies qu'elle m'avait offert en arrivant et que je n'avais pas osé ouvrir, et je revoyais ses mains posant le livre devant moi. C'était le catalogue *The Family of Man* qui reprenait les photographies de la grande exposition organisée par Edward Steichen au Museum of Modem Art de New York.

Cet album, machinalement, je le feuilletai. Les photos venues de soixante-huit pays étaient reproduites par thème. Comme le mariage, la naissance, la mère et l'enfant, les jeux, le travail, la solitude, la famille, et c'est ce dernier thème, la famille, qui retint mon attention. Il y avait une famille italienne, une d'Afrique du Sud, une troisième du

Japon, et une autre qui m'arrêta plus encore. Elle représentait une famille américaine de onze personnes, réunie autour d'une aïeule assise sur un petit fauteuil à bascule. Peut-être à la demande du photographe, à moins que ce ne soit le désir de la famille, ces onze personnes prennent la pose adossées à un mur sur lequel sont accrochés quatre portraits d'ancêtres soigneusement encadrés. Deux hommes et deux femmes. Et je compris alors pourquoi je m'étais arrêté sur cette photo. Si elle a été prise là, précisément à cet endroit, c'est pour avoir une image dans laquelle ils seront tous ensemble. Les vivants, et ceux qui avaient vécu avant eux.

La toute première phrase du prologue consacré à cet album et sur lequel je n'avais tout d'abord jeté qu'un œil distrait, dit très exactement : « Le premier cri d'un nouveau-né à Chicago ou à Zamboanga, à Amsterdam ou à Rangoon, a le même son et le même ton, chacun disant : "Je suis. J'ai franchi la barrière ! Je fais partie du monde ! Je suis un membre de la famille". »

Petit à petit, je n'arrivais plus à séparer les images de cet album de ce que m'avait dit Laura en arrivant. Tout comme moi, elle avait remarqué dans l'impasse Compans, tout près de chez Victor, à la hauteur du premier étage d'un immeuble, les traces d'un incendie récent. C'est une remarque qu'elle avait faite et à laquelle je n'avais pas prêté d'attention particulière : « J'espère qu'ils ont pensé à sauver leur album de photographies. » C'était tout. Et elle avait commandé sa grenadine.

En feuilletant cet album de photographies venait de resurgir le souvenir de l'adolescente de la colonie de vacances. Je savais que quelque chose en elle avait été cassé, puis recollé. Mais seulement recollé.

J'avais appris que Laura, lorsqu'elle n'était encore qu'une petite fille, en maison d'enfants, avait dessiné des rides sur le visage de sa poupée et mis du rouge sur ses lèvres. Elle avait fait de sa poupée une adulte. On l'avait vue, une fois, essayer de se mettre dans les bras de sa poupée pour voir comment ça fait d'être dans les bras d'une mère. L'album *The Family of Man* et l'évocation de l'incendie de l'impasse Compans portaient la trace des rides de la poupée.

Et cet album, qu'avant de l'ouvrir, alors que rien n'était commencé, je n'avais pu m'empêcher de recevoir comme un cadeau de rupture, je le recevais maintenant comme une confidence, comme le dernier baiser dont je n'avais pas compris le sens, et je n'ai pas cherché à retenir mes larmes.

4

C'est le mercredi 24 janvier 1962 que *Jules et Jim* sortit sur les écrans et c'est le vendredi soir que ma mère et moi sommes allés le voir au cinéma le Vendôme, avenue de l'Opéra. Sans Alex, car le film était interdit aux moins de dix-huit ans, et il n'en avait que quatorze. Il était furieux, parce qu'en raison d'une menace de grève il n'était même pas sûr de pouvoir regarder la télévision.

J'avais le cœur serré à l'idée de nous revoir Laura et moi. Ces baisers que nous nous étions donnés, mis en sommeil, allaient à nouveau être présents par la magie du cinéma. Et lorsque, encore dans le noir, avant même que ne commence le générique, j'entendis par la voix de Jeanne Moreau : « Tu m'as dit : je t'aime / Je t'ai dit : attends / J'allais dire : prends-moi / Tu m'as dit : va-t'en », comme s'il s'était seulement égaré, le chagrin d'amour venait de retrouver son chemin.

Ma mère allait rarement au cinéma. Là, elle était heureuse d'être avec moi et elle se réjouissait de me voir sur un écran, même fugitivement. Et lorsque je me suis vu passer avec l'échelle sur l'épaule et que j'eus à peine le temps de me désigner du doigt, elle m'a souri, confiante, car la brièveté de mon passage ne donnait pas le temps de me reconnaître. Impatient, j'attendais l'autre plan. Ce fut en vain : ce que la caméra avait filmé de Laura et moi, il n'en restait pas trace. Il y avait bien le plan où Jim parlait avec Florencie, mais le plan qui précédait, celui qui seul comptait pour moi, avait été coupé.

Dès la lumière rallumée, aidant ma mère à remettre son manteau, j'avais envie de revoir le film très vite, comme si quelque chose en moi refusait d'abandonner le moment de douceur reçu et dont Laura, par la suppression même de ce plan, était définitivement déliée.

Pourquoi ce plan avait-il été coupé puisqu'il avait été tourné ?

Je n'avais pas envie d'en parler, mais il fallait bien que j'en dise un mot à ma mère. Elle m'a encore souri, un peu tristement cette fois, n'ayant pas de réponse consolatrice à me donner.

Dans la rue, elle m'a donné le bras. Je ne me souvenais pas qu'elle l'eût fait auparavant. Et je me suis demandé depuis combien de temps nous n'étions pas allés ensemble au cinéma. Six ans ? Sept ans ? Plus peut-être. « On va prendre quelque chose de chaud », a-t-elle dit arrivés place de l'Opéra. Au café, lorsque le garçon apporta un chocolat pour moi et un thé pour ma mère, elle lui rappela d'apporter la rondelle de citron oubliée et un verre. Elle buvait toujours le thé dans un verre qu'elle entourait de ses mains.

Une fois réchauffés, elle m'a proposé de marcher un peu pour rentrer. Nous avons gardé le silence encore un moment. Puis elle m'a demandé si j'avais lu le livre d'où était tiré le film. Non, je ne l'avais pas lu. Elle m'a dit : « J'aimerais bien le lire », et ce fut le commencement de ce que j'allais apprendre de mes parents.

Cette histoire de Jules, Jim et Catherine — un pur amour à trois avait dit Truffaut — était comme l'écho de ce que ma mère avait vécu. Et comme si ce qui avait été filmé lui avait redonné vie, c'est par la rencontre qu'elle fit avec mon père et Leizer lors de la manifestation de protestation qui avait suivi le pogrom de Przytyk qu'elle commença son récit.

« Yankel et Leizer se connaissaient déjà. Ils appartenaient à la même organisation socialiste juive : le Bund. Habitant le même quartier, ils avaient aussi fréquenté la même école. Et puis, à quinze ans, ton père a appris les métiers de la chaussure avec son père, et Leizer celui de tailleur avec le sien. Après la manifestation, j'ai adhéré moi aussi au Bund, d'autres se sont inscrits chez les sionistes de gauche, au Dror ou à l'Hachomer. Comme presque toute la population de Przytyk était juive, il y avait de la place pour plusieurs organisations. Après, on ne s'est plus quittés Yankel, Leizer et moi. On allait aux réunions politiques et puis on allait danser aussi le samedi soir. Parfois on allait jusqu'à Radom, qui n'était pas très loin et où il y avait des bons orchestres qui jouaient des choses modernes comme le tango ou la rumba. Une fois, on avait appris qu'un grand bal était organisé à Radom avec un orchestre venu spécialement de Varsovie et on avait décidé d'y aller. Le samedi soir il y avait toujours un car qui partait de Przytyk pour Radom. Le car devait partir à sept heures et il n'était pas question de le rater parce que c'était le dernier de la soirée. On avait convenu de se retrouver tous les trois un peu avant l'heure au départ du car. Mais à sept heures Leizer n'était toujours pas là. On a demandé au chauffeur d'attendre un peu, qu'un ami avait juste un peu de retard, mais au bout d'un quart d'heure, à cause des autres voyageurs, il a bien fallu qu'il parte. On s'est dit que Leizer avait eu un empêchement de dernière minute, qu'il n'avait pas eu le temps de nous prévenir, alors on a été au bal sans lui. Tu sais, c'était un grand danseur de tango, ton père. Ce soir-là, je n'ai dansé qu'avec lui, et lorsqu'on danse toute une soirée avec le même homme on n'est pas dans ses bras comme avec un danseur de passage, celui qui vous raccompagne à votre table en disant merci. C'est en revenant de Radom que nous avons échangé nos premiers baisers. »

Ma mère, que j'avais vue bouleversée, s'accrochant à mon bras à la sortie du cinéma, retrouvait un peu de sérénité à l'évocation du temps où ils étaient trois en Pologne. Elle se taisait maintenant, comme pour s'attarder dans le temps d'avant le trou noir.

« Et Leizer, lui ai-je demandé, que lui était-il arrivé ?

— Leizer ?... une histoire bête. Je t'ai dit qu'il travaillait chez son père et ce jour-là il fallait absolument qu'il termine et livre le soir même un costume pour un mariage qui avait lieu le lendemain. Alors le samedi, pendant que son père donnait au costume un dernier coup de fer, Leizer, pour gagner du temps, avait déjà revêtu celui qu'il mettait dans les grandes occasions, et le bal à Radom était justement une de ces grandes occasions. Lorsqu'il est revenu d'avoir livré, sa mère lui avait préparé sur la table de la cuisine une assiette de bouillon parce qu'il n'était pas question qu'elle le laisse partir sans qu'il ait une assiette de bouillon dans le ventre. Alors, dans sa précipitation, de peur d'être en retard, je ne sais pas ce qu'il a fait comme mouvement, son assiette s'est renversée sur une jambe de son pantalon. Un bouillon gras comme on les faisait en Pologne, tu imagines le pantalon. Il l'a aussitôt aspergé d'eau chaude pour le nettoyer pendant que sa mère lui disait d'enlever son pantalon, qu'elle allait s'en occuper. Mais Leizer n'a rien voulu savoir parce qu'il aurait fallu qu'il retire ses chaussures, et comme il était déjà en retard, pour le faire sécher il a essayé, sans l'enlever, de le repasser avec le fer de l'atelier. Alors là il a poussé un hurlement parce qu'avec l'eau et le fer chaud ça a créé une vapeur tellement brûlante qu'il a bien fallu qu'il enlève son pantalon. Il s'était brûlé la cuisse au point qu'il en a toujours gardé une cicatrice. Sa mère l'a soigné en étalant du beurre sur sa brûlure comme tout le monde le faisait parce qu'à l'époque on n'allait pas à l'hôpital pour ça, ni même chez le pharmacien. Il était encore au lit le lendemain lorsque Yankel est allé le voir pour savoir pourquoi il n'était pas venu au bal, et lorsqu'ils se sont raconté leur soirée, rien n'a plus été pareil.

Ce que j'ignorais, c'est qu'ils étaient l'un et l'autre amoureux de moi. Ce qui est curieux, c'est que malgré leur amitié, ou peut-être, au contraire, pour la protéger, ils n'en n'avaient jamais parlé entre eux. Moi, dans cette ignorance, je n'avais pas eu besoin de cacher un sentiment amoureux. C'était beau comme ça. Et puis il y avait eu ce bal…

— Et si c'était papa qui pour une raison quelconque n'était pas venu au bal ce soir-là, tu crois que c'est avec Leizer que tu te serais d'abord mariée ?

— Avec Leizer… je ne sais pas… je ne peux pas te dire… mais non, je ne crois pas, parce que lorsque papa, dès que nous nous sommes embrassés, a demandé à m'épouser, ça a été tellement extraordinaire, comment te dire... Tu vois, danser dans ses bras c'était délicieux, mais danser, s'embrasser et être demandée en mariage dans la même soirée, ça reste pour moi un de mes plus grands moments de bonheur. Après, des grands moments de bonheur, j'en ai eu d'autres : ta naissance, celle d'Alex. Mais là, c'était le premier. Ça a été comme une révélation. C'était pas comme un projet d'avenir, c'était mieux. C'était là, simplement là, comme si on était déjà mariés. Non, je n'ai jamais regretté. Et en même temps, qu'est-ce qu'on peut savoir... Tu vois, c'est à tout ça que j'ai pensé tout à l'heure au cinéma lorsque Jeanne Moreau est arrivée en retard à son rendez-vous avec Jim. C'était bête comme la brûlure de Leizer. Voilà : elle va chez le coiffeur pendant que Jim l'attend, quand elle arrive avec une heure de retard, Jim n'est plus là et elle croit que c'est lui qui n'est pas venu. Alors le lendemain elle part en Allemagne avec Jules pour se marier avec lui. Et comme la guerre éclate entre la France et l'Allemagne, ils sont séparés pendant cinq ans. Tu vois, un pantalon taché, une séance chez le coiffeur, ce sont parfois des petites choses comme ça qui changent le cours de toute une vie. »

Ma mère, sans chercher à mettre en forme son récit, en respectait tout naturellement la chronologie. Comme si de se taire depuis si longtemps lui avait permis de préserver intacts ses souvenirs. Sa parole, libérée par le film qu'elle venait de voir, était cependant ponctuée de silences durant lesquels je cherchais à me situer. Il s'en était fallu de peu — un accident, mais je déraisonnais — pour que je sois le fils de Leizer.

« Et Leizer ? Tu m'as dit que rien n'a plus été pareil.

— Oui, il s'était senti trahi. Par moi, mais surtout par Yankel. C'est lui qui a espacé nos rencontres. C'est petit à petit que nous nous sommes rendu compte que c'est le chagrin qui l'emportait. S'il n'y avait eu le chagrin de Leizer, notre bonheur eût été parfait. Nous ne voulions pas le perdre et c'était terrible de sentir que notre amour le rongeait. Il aurait fallu l'aider, mais ni Yankel ni moi ne pouvions le faire. Son amitié nous manquait, et malgré cela nous étions heureux sans lui. Nous nous sommes mariés en 37. En novembre. Un peu avant Hanoukah. Ça a été une belle fête. On a chanté, on a dansé, il y avait un orchestre, tous les amis étaient là.

— Leizer aussi était là ?

— Oui, bien sûr, il n'était pas question qu'il ne soit pas là. C'est même lui qui a fait le costume de mariage de ton père. Un costume avec un gilet. C'était son cadeau. Pour lui, il s'était fait un costume clair, un peu trop clair pour un mariage. C'est lui aussi qui paraissait le plus joyeux, le plus heureux d'être là. Malheureusement il avait beaucoup trop bu. Il avait une bouteille de vodka à la main et il trinquait avec tout le monde. On a compris que sa joie n'était qu'une comédie, qu'elle n'était faite que pour cacher son chagrin. Il était devenu incontrôlable, on ne pouvait plus l'arrêter. Et puis il a décidé de nous apprendre une chanson en français. Il voulait l'apprendre à tous les invités. Je ne sais pas comment il la connaissait. Tu sais, c'est « Alouette, gentille alouette, alouette je te plumerai », une chanson que tu chantais en colonie de vacances. Je sais qu'avec Yankel, ils avaient eu, avant de me connaître, le projet de venir un jour en France, mais ça je ne l'ai su qu'après. Alors au mariage il chantait : « Je te plumerai le bec », et pendant que tout le monde reprenait : « Je te plumerai le bec », il buvait un verre de vodka. Et après : « Je te plumerai les yeux », un autre verre de vodka, « Je te plumerai la tête », encore une vodka, et ainsi de suite. Et à la fin, au moment où tout le monde reprenait en chœur : « Et le bec, et les yeux, et la tête, et le cou, et les ailes », Leizer m'a regardée et il a éclaté en sanglots. Et presque en même temps on a vu une tache se dessiner sur son pantalon. Et alors que les invités continuaient à chanter, Leizer ne cessait pas de pleurer pendant que la tache de son pantalon s'agrandissait. Tout le monde mettait ça sur le compte de la boisson, et certains même s'en amusaient. C'était terrible. Moi, peut-être à cause de son regard, je voyais bien que c'était tout son corps qui pleurait. Et c'était tout ce que je pouvais faire : regarder son corps pleurer. »

Ma mère a serré son bras un peu plus fortement contre le mien et j'ai cru un moment que son récit allait s'arrêter là, parce que, depuis notre sortie du cinéma, j'avais appris qu'une histoire douloureuse était aussi constituée de silences. Je n'osais pas lui poser de questions. Elle poursuivit après quelques pas, de crainte peut-être que son récit ne se brise en elle. Un récit qui faisait survivre les deux hommes qu'elle avait aimés.

« C'est peu de temps après qu'avec ton père, nous avons décidé de venir vivre en France. J'avais du chagrin pour Leizer parce que c'était un de ses projets, mais je craignais, en restant, de le voir gâcher notre bonheur. De Paris, on lui a écrit à plusieurs reprises, mais il n'a jamais répondu à nos lettres. La veille de notre départ, nous nous étions vus longuement. Nous avons pleuré tous les trois, tout comme avant, ensemble nous avions ri. Et puis il y a eu la guerre. »

Nous venions de dépasser le cinéma le Rex et le café dans lequel ma mère, Leizer, Alex et moi nous nous arrêtions au cours de notre promenade des après-midi du dimanche pour prendre une glace ou boire un chocolat.

« Tu te souviens du "jeu des Grands Boulevards", a demandé ma mère, accompagnant son évocation d'un sourire. »

C'est Leizer qui avait imaginé ce jeu. Il nous entraînait le dimanche sur le côté impair du boulevard Saint-Martin, et là, partant de la place de la

République, et sous prétexte de contrôler mes progrès en lecture, il apprenait Paris. Nous marchions côte à côte, lui, tournant le dos aux boutiques, en donnait les noms dans le but de les apprendre, moi, leur faisant face, la tête levée — je devais avoir sept ans —, approuvant ou lui soufflant les noms sur lesquels il hésitait. Ce fut ainsi, dimanche après dimanche, jusqu'à ce qu'il sache par cœur et sans effort l'ordre des noms et des enseignes. Ma mère, qui nous suivait en poussant Alex dans sa voiture d'enfant, s'en amusait non sans faire remarquer à Leizer la part d'enfantillage qu'il y avait à trouver autant de satisfaction à connaître par cœur les noms des boutiques dans la plupart desquelles de toute façon il n'entrerait jamais. Pour toute réponse, comme si tous ses rêves parisiens étaient contenus dans cet espace, Leizer, prenant Alex dans ses bras, chantait avec son accent yiddish :

J'aime flâner sur les Grands Boulevards
Y'a tant de choses, tant de choses,
Tant de choses à voir
Y'a les cafés et leurs comptoirs
Et puis les terrasses
Où des p'tites femmes se prélassent...

Ce chemin, nous le connaissions bien. De l'autre côté du boulevard, presque en face du marchand de farces et de cotillons, à la terrasse du café le Balthazar, il y avait toujours un orchestre. On écoutait deux ou trois chansons et on rentrait à la maison.

Ces moments ranimés — ma mère aussi avait regardé du côté du Balthazar dont la terrasse en cette saison était couverte — m'ont permis de lui demander si elle pensait que mon père aurait été heureux de la savoir mariée avec Leizer.

« Comment savoir. Moi aussi c'est une question que je me suis souvent posée, et je n'ai jamais trouvé de réponse. Et maintenant, là où ils sont… Yankel est parti en poussière de cendres dans le ciel de Pologne, Leizer est quelque part au fond de l'océan… Tu vois, a-t-elle poursuivi avec un léger sourire, il y a peu de chances pour qu'ensemble ils se parlent… Que vous soyez là tous les deux, Alex et toi, bien vivants, les fait exister tous les deux puisqu'il n'y a nulle part où se recueillir, où les veiller… Alors il y a les chaises où ils se sont assis, le lit dans lequel ils ont dormi, mais Leizer n'a jamais pris la place de papa. Ils ont eu le même temps avec moi. Ils ne sont plus là, mais suffisamment encore pour qu'aucun autre ne vienne prendre la place. »

Deux hommes, l'un après l'autre, s'étaient retirés de sa vie. Deux hommes dont l'un était mon père, et sur lesquels je pouvais enfin poser des questions, parce que ma mère venait de rompre un silence qu'elle avait si longtemps gardé.

« On sait comment papa a été arrêté ?

— Non, on ne sait pas exactement. Je t'ai raconté qu'on était cachés pendant la guerre. C'est le fabricant de chaussures chez qui papa travaillait qui nous avait prévenus que les Juifs seraient raflés le lendemain. On a échappé à la rafle parce qu'on a trouvé à se cacher à Gentilly chez quelqu'un que papa connaissait et qui travaillait aussi dans le cuir. On a vite réuni quelques affaires et on est restés là, à Gentilly, dormant à quatre dans une même pièce. Boubé était avec nous. Au bout de quelques jours, celui chez qui on était cachés est allé voir ce qui se passait cité Crussol. On lui avait donné les clés. Mais il n'est pas rentré parce qu'il y avait des scellés sur la porte. Il fallait pourtant qu'on récupère des affaires. Des papiers surtout dont on pouvait avoir besoin parce que dans la précipitation du départ on avait laissé beaucoup de choses. Je ne voulais pas que papa y retourne parce que tout le monde nous connaissait à la cité et je ne savais pas en qui on pouvait vraiment avoir confiance. Alors il a eu l'idée d'entrer par le toit en passant par le Cirque d'Hiver afin de n'attirer l'attention de personne. Il a fait plusieurs fois le voyage pour récupérer ce qui pouvait l'être. Des choses légères seulement. Des papiers, une boîte à chaussures dans laquelle on gardait toutes nos photographies, quelques jouets à toi. Il avait brisé les scellés, révolté de ne pouvoir rentrer à la maison que par effraction. Et puis un jour il n'est pas revenu. Avait-il été dénoncé ? Quelqu'un, ayant constaté l'état des scellés, l'avait-il guetté ? On n'a jamais su. Encore une fois, l'ami qui nous cachait est allé voir, mais personne n'a rien pu lui dire. Peut-être que c'est dans le métro qu'il a été arrêté, on voulait peut-être voir ce qu'il avait dans sa valise. J'ai tout imaginé et jusqu'à aujourd'hui je ne sais toujours pas.

— Tu as demandé au Cirque d'Hiver ?

— Quand ? Après la guerre ? Après deux ans, à qui pouvais-je demander ? Non, je n'ai demandé à personne au début. Après, lorsque je rencontrais d'anciens déportés, je montrais la photo, mais personne n'a jamais rien pu me dire. À Leizer aussi j'ai demandé. Ils auraient pu se rencontrer au camp, mais je ne sais même pas dans quel camp Yankel avait été emmené… Quand il revenait à la maison en passant par les toits, j'étais inquiète à chaque fois. Je ne voulais plus qu'il y retourne, mais lui il s'entêtait, persuadé qu'il ne lui arriverait rien. Leizer c'était pareil. Je lui avais dit de prendre le bateau, que c'était plus sûr, mais il n'a rien voulu entendre. Il disait que comme ça, il reviendrait plus vite. Alors il a pris un billet d'avion et il n'a même pas pu arriver en Amérique où sa sœur l'attendait. »

Nous étions arrivés près du Cirque d'Hiver sans y prendre garde lorsque ma mère a dit qu'elle n'avait pas où se recueillir.

« Il y a les souvenirs, a-t-elle continué presque pour elle-même, mais on ne se recueille pas sur un souvenir. Un souvenir c'est fait pour être gardé. Il y a les photos… oui, il y a les photos, mais sur les photos ils sont vivants. Il y a aussi les cimetières, mais lorsque pour Yom Kippour je vais dans celui de Bagneux, je sais que mes morts n'y sont pas. Il n'y a que des écureuils. Il y a plein d'écureuils à Bagneux. Dans le cimetière de Przytyk aussi il y avait plein d'écureuils. Lorsque j'étais petite et que je les voyais sauter de tombe en tombe, je ne pouvais m'empêcher de penser qu'ils sont pour quelque chose de ce qui se passe entre les morts et les vivants. »

Je ne m'étais jamais senti aussi proche de ma mère que ce soir-là. Peut-être était-ce ma trop courte histoire d'amour dont il ne subsistait la trace qu'en moi, qui faisait resurgir, intacte, sa propre histoire trouvant les paroles que désormais elle pouvait me dire.

« Je suis un peu triste qu'il n'y ait pas plus de trace de toi dans le film, avait-elle dit, mais je suis heureuse de l'avoir vu avec toi, ainsi, pour la première fois, j'ai pu raconter quelque chose de moi lorsque j'avais à peu près ton âge. Mais pas seulement le raconter : le raconter à toi. Je crois que c'est ça qui était important… Seule, j'avais peur que mes morts s'éloignent. »

Ainsi, il a fallu un film pour que cette histoire — un peu de mon histoire — me parvienne enfin.

Lorsque nous avons franchi la grille d'entrée de la cité Crussol, j'ai été pris d'un frisson. Il y avait, me donnant le bras, une femme, ma mère, disant tout ce qu'elle n'avait jusque-là pas su me dire, pas pu me dire. Arrivés devant le bâtiment du fond, j'ai levé les yeux vers le dernier étage où, souvent le soir, à la fenêtre de la cuisine, une lumière signale sa présence.

Lorsqu'elle nettoie les vitres, elle s'arrête parfois, regardant les toits, puis l'impasse où les hommes qu'elle a aimés n'apparaissent plus. C'est généralement le matin, lorsque le soleil pénètre dans notre logement et change la couleur des murs.

5

Ma mère était déjà à son travail et Alex au lycée lorsque je me suis levé. Sur la table, il y avait, déjà préparés, un jus d'orange dans un verre recouvert d'une petite assiette, un bol et une baguette fraîche. Elle n'avait pas laissé de mot près du bol comme elle le fait lorsqu'elle a besoin que je fasse quelque chose de précis. Je savais que le lait et le beurre se trouvaient dans le frigidaire et le café dans la cafetière prêt à être réchauffé.

En buvant mon café, j'essayais de penser aux traces qu'avaient laissées chez ma mère la soirée que nous venions de passer, et je m'en voulais de n'avoir rien soupçonné de son chagrin.

J'ai regardé autour de moi : rien ne signalait que deux hommes, l'un après l'autre, avaient vécu ici. Des hommes qui avaient aimé ma mère et que ma mère avait aimés. Il n'y avait que la photo de mon père reposant sur le buffet, et puis, près de ce buffet, comme un vêtement hors d'usage, adossée au mur, une chaise devenue inutile. Celle où, successivement, mon père puis celui d'Alex avaient pris place et sur laquelle Alex, rentrant de l'école, pose son cartable, et un peu plus tard, ma mère son sac lorsqu'elle revient du travail. C'est là seulement que je me suis rendu compte qu'il y avait au coin de la table la boîte à chaussures dans laquelle je savais qu'elle mettait les photographies de famille.

Certainement, ne parvenant pas à dormir, elle avait regardé quelques photos et négligé de ranger la boîte.

Lorsque, un peu plus tard, après avoir mis mon bol dans l'évier, j'ôtai à mon tour le couvercle de la boîte — celle que probablement mon père avait récupérée en passant par le toit et sur laquelle le mot : photographies, était écrit au crayon rouge de l'écriture un peu pointue de ma mère — je ne savais pas encore jusqu'où m'emmèneraient ces photographies. Je n'en attendais rien de particulier. Non pas que je tenais les photographies pour négligeables, mais celles qui jusque-là m'intéressaient racontaient essentiellement le présent. Je les regardai un peu distraitement. C'étaient, empilées les unes sur les autres, et mélangées à quelques cartes postales envoyées par Alex et moi de la colonie de vacances de Tarnos, des photos lorsque nous étions petits, des photos de classe, d'autres sur papier cartonné qui représentaient des gens que je ne connaissais pas et sur lesquelles je passai. L'une d'elles cependant, posée sur son recto, m'arrêta. À cause du tampon qui indiquait : « Photographie d'Art. 32, rue de Ménilmontant. Paris XXe », mais sans mention de date ni du nom du photographe. C'était un portrait en buste de mes parents avec un éclairage un peu de côté comme on fait pour les photographies prises en studio. En continuant de fouiller dans la boîte j'en ai trouvé quatre autres exemplaires. Toutes au format carte postale. Pourquoi cinq exemplaires ? Pour envoyer à la famille restée en Pologne ? Alors cette photo, je pense qu'elle date de 1940, date à partir de laquelle la correspondance avec la Pologne était devenue difficile. D'où les cinq exemplaires restés dans la boîte.

Mon attention est alors détournée par une autre photo : celle de l'atelier de fabrication de chaussures dans lequel mon père avait travaillé comme coupeur de tiges. On le voit d'ailleurs sur la photo, à droite de l'atelier, revêtu d'une blouse blanche dont il a retroussé les manches. C'est une photo de grand format, de couleur sépia, collée sur un épais carton de couleur grise dont les coins sont élimés. Cette photo, déjà, je l'avais regardée soigneusement car elle porte une légende écrite de ma main au crayon noir : « Cette photo a été photographiée à trois heures un quart. » Je me suis amusé de cette seule indication donnée lorsque j'étais enfant — d'après l'écriture je devais avoir huit ans — alors que sur la photo, la présence de l'horloge fixée au mur est plutôt discrète. C'est juste après que, parmi ces photographies, j'ai trouvé une feuille qui avait précisément à voir avec cette photo : un certificat de travail, sur un papier à en-tête, fourni par l'employeur de mon père. Il s'appelait Léon Brandwain, 2 *bis*, rue Julien-Lacroix. Le texte, tapé à la machine, dit très exactement : « Je soussigné certifie employer Monsieur Appelbaum dans mon usine en qualité de coupeur. » C'est daté du 13 juin 1941, signé Brandwain et visé par le commissaire de police du quartier de Belleville. Du coup j'ai repris la photo et une loupe afin de voir cette « usine » de plus près. Ils sont huit à y travailler, dont une femme — Madame Brandwain ? — et un apprenti. Mais pour le temps de la photographie, ils font semblant. Celui qui semble être le plus âgé — Monsieur Brandwain peut-être — présente devant lui, fièrement, un de ses modèles. L'utilisation de la loupe m'amène à être plus attentif à certains détails. Comme celui qui me révèle que contrairement à ce que j'avais écrit, cette photo n'a pas été « photographiée » à trois heures un quart, mais à quatre heures un quart.

Une autre photo a été faite par le photographe de la rue de Ménilmontant. C'est moi, cette fois, qui ai été photographié. Le flou en forme d'ovale qui entoure mon visage, flou artistique comme en font souvent les photographes de studio, ne permet pas de savoir quels vêtements je porte. Seul est lisible un large col à bord rond qui couvre presque entièrement mes épaules. Je suppose que je devais être vêtu d'une barboteuse. Autant que je puisse en juger, je dois avoir à peu près un an. Si — ce qui me semble logique — cette photo a été faite le même jour que celle de mes parents, ce serait donc plutôt en 1941 qu'elles auraient été prises. Cette photographie, également au format carte postale — il y a même au dos, sur la partie de droite, quatre traits imprimés réservés à l'inscription d'une adresse —, je n'en trouve qu'un seul exemplaire dans la boîte. Les autres auraient-elles été envoyées ? Jusqu'à quand, alors, la correspondance avec la Pologne avait-elle encore été possible ? Cette question, c'est surtout une autre photo qui me la suggère. Elle est à peine plus grande qu'une photo d'identité. Elle représente un grand-père. Il porte une casquette en tissu à rayures et à la visière renforcée comme les Russes et les Polonais en ont généralement. Il a le visage d'un homme amaigri. Deux plis profonds partent du nez et vont se perdre dans ses moustaches blanches. La barbe, blanche elle aussi, n'est pas taillée comme celles que portent habituellement les Juifs pieux, mais plus courte, un peu carrée. Il a aussi une cravate dont le nœud est serré sur une chemise à tissu épais qui, visiblement, n'est pas faite pour ça. Et puis surtout, il a, cousue sur le côté droit de la poitrine, l'étoile jaune que tous les Juifs de l'Europe occupée ont été contraints de porter. Lui aussi regarde celui qui le prend en photo, mais il semble ne pas le voir. Son regard va au-delà. C'est peut-être comme ça que l'on regarde le monde lorsqu'on le regarde pour la dernière fois. Cet homme était mon grand-père. Le père de mon père. Au dos de cette photographie, une seule indication écrite au crayon noir : 13 × 18. Le format dérisoire d'un agrandissement.

Pour reconnaître mon père sur la photo de l'atelier de la rue Julien-Lacroix, il a fallu que je passe par celle qui est placée sur le buffet. C'est comme ça que je me suis arrêté, presque en sursautant, sur une des photos que j'avais déjà sorties de la boîte à chaussures. Une photo trop vite vue, mal regardée. Mon père et Leizer sont assis dans l'herbe, adossés à un arbre, épaule contre épaule, et dans une sorte de mise en scène, comme pour mieux remplir l'image, les jambes allongées non pas devant eux, mais sur le côté. Les arbres nombreux qui se trouvent derrière eux me laissent à penser qu'ils sont dans un bois des environs de Przytyk. Il devait faire beau car ils sont tous les deux en bras de chemise mais ils ont gardé leur cravate. Leurs pantalons sont tenus par de grosses bretelles. On dirait presque des jumeaux. Une veste est accrochée à une branche d'arbre au pied duquel sont posés deux chapeaux. Un chapeau d'homme et un chapeau de femme. Si c'est la présence de mon père et de Leizer, ici réunis, qui a retenu mon attention, c'est à cause du chapeau de femme que je regarde cette image. Parce que je n'imagine pas qu'il ait pu appartenir à quelqu'un d'autre qu'à ma mère et que c'est évidemment elle qui a pris la photo. Parce que contrairement à l'image de mon grand-père, mon père et Leizer voient ce qu'ils regardent. Ils voient celle qui les photographie et qu'ils aiment. Et plus que le chapeau, c'est leur regard qui révèle sa présence. C'est cela que raconte cette photographie : une histoire d'amour.

« J'ai perdu Jules et j'ai perdu Jim », avait dit ma mère, et je venais d'apprendre que ces photos dans lesquelles reposent ses souvenirs allaient me donner des réponses comme si je leur posais des questions. Mais je ne leur posais pas de questions. Je les regardais seulement, le plus attentivement possible. Mais peut-être est-ce aussi cela poser des questions.

C'est après avoir regardé cette photographie que quelque chose s'est dessiné, infiltré. Timidement d'abord, quelque chose comme une pratique faite de recherches, de démarches, d'enquêtes, de fouilles patientes afin de savoir ce qui s'était passé avant.

C'est comme un chemin à suivre que m'indiquait cette photo. Comme une invitation à retrouver ce qui, jusque-là, m'avait manqué. Et je me suis demandé, puisqu'elle est l'image de ce que ma mère, mon père et Leizer voulaient conserver d'eux-mêmes, pourquoi elle ne se trouvait pas, elle aussi, sur le buffet, près de celle de mon père.

J'ai repris un peu de café que j'ai bu debout, regardant la table sur laquelle reposaient en vrac, près de leur boîte, les photos que j'avais regardées. Il m'a alors semblé comprendre, comme une évidence, que ce n'était ni par oubli ni par négligence que la boîte n'avait pas été rangée. Si ma mère l'avait laissée là, posée sur la table près du bol, du jus d'orange et de la baguette fraîche, c'était, espérant que je l'ouvrirais, afin de prolonger la conversation que nous avions eue il y avait à peine quelques heures.

Et puis vint la photo de mariage de mes parents. Placée la première au fond de la boîte — la dernière donc pour moi —, elle était comme la pièce manquante d'un puzzle. Elle était là, dans cette boîte à chaussures, attendant simplement que je la prenne en main. Que je m'occupe d'elle. La loupe à portée de la main, j'allais la regarder comme on met de l'ordre dans ses affaires.

Curieusement, à moins qu'il y en ait d'autres ailleurs, ce n'était pas une de ces photos de mariage que l'on fait habituellement, où les mariés sont seuls, en pied, avec plein de fleurs autour.

Là, mon père et ma mère sont assis en bout de table. Comme s'ils pensaient à la suite des jours, quelque chose de doux et de grave à la fois semblait s'être penché sur leur visage. À côté de ma mère est assise Boubé, vêtue d'une robe que je lui ai connue. À côté de mon père, il y a son père qu'à présent je reconnais, bien que sa barbe ne soit pas encore blanche, et, assise près de lui, une dame âgée qui doit être ma grand-mère paternelle. Les autres personnes, une vingtaine, sont debout, placées en demi-cercle autour des mariés. Là encore, répondant très certainement à la demande du photographe, bien que certains aient dû le faire spontanément, ils le regardent et sourient. Tous sauf un : Leizer. Placé à l'extrême gauche de la photo, mais au premier plan, échappant à la vigilance du photographe, c'est vers mon père et ma mère que son visage est tourné.

Je le sais maintenant, bien qu'il soit de profil, c'est avec ressentiment qu'il les regarde, ce mal dont il ne parvenait pas à guérir. Contrastant avec le costume sombre de mon père dont la poche poitrine est généreusement ornée d'une pochette blanche, il porte un costume clair.

Je le sais aussi, c'est avant le moment d'*Alouette, gentille alouette* où son désespoir le mènera que cette photo a été faite.

M'attardant auprès du sourire calme de mes parents, comme pour me rappeler un temps d'avant ma naissance, j'avais négligé de penser à Leizer. Il était revenu de l'enfer le temps d'épouser la femme qu'il aimait puis d'avoir avec elle un enfant. Après quoi, il s'était enfoncé dans l'océan. Avant, parce qu'il m'avait toujours semblé tout savoir, je ne posais pas de questions. Un homme, le père de mon petit frère, était là, un numéro tatoué sur le bras, employant son temps à vouloir le rattraper. Comme avec le jeu des « Grands Boulevards », il avait tenu à voir, à s'approprier presque, tous les lieux que pendant toutes ces années il avait imaginés par le moyen des livres et auxquels il n'avait cessé de rêver.

Je me souviens qu'un dimanche nous avions tous pris le train pour aller à la campagne. Nous avions mangé sur l'herbe et joué au ballon. Mais Leizer voulait surtout retrouver un lieu qui avait été décrit dans un livre français qu'avant la guerre il avait lu en yiddish. Plus tard, j'ai su que c'était la maison de Cosette à Montfermeil qu'il avait tenté de retrouver, et qu'il avait été terriblement déçu d'apprendre qu'elle n'était que le fruit de l'imagination de Victor Hugo.

Alouette, gentille alouette, Alouette je te plumerai.

Ces images dont l'observation, l'exploration entêtée, me rapprochait de plus en plus de mes morts, je ne savais plus exactement ce que j'en attendais. Gardaient-elles la trace de ce dont, sans le savoir, j'avais besoin ? Quelque chose pourtant me frappait. Il me manquait une photographie : celle où nous aurions été ensemble, où je serais assis sur les genoux de ma mère dont les bras m'envelopperaient d'une douce chaleur. Assis tout près d'elle, il y aurait la présence rassurante de mon père, la main gauche, celle qui porte l'alliance, reposant sur la main droite. Et tous les trois nous aurions regardé le photographe.

Il était près de midi lorsque, après avoir remis soigneusement les photos dans leur boîte, je suis allé sur le palier. J'ai décroché du mur l'échelle qui permettait d'accéder au toit. Par la lucarne ouverte, longuement, j'ai regardé la masse imposante du Cirque d'Hiver. Tout autour, la neige tombée dans la nuit recouvrait encore le zinc des toits.

6

Lorsque ma mère eut terminé la lecture de *Jules et Jim*, elle me demanda si je savais quand et comment Jules était mort.

« Non, pourquoi ?

— Parce que Jules était juif.

— Ah bon ? Comment tu sais ça ?

— C'est écrit dans le livre. Regarde, à la page 31 : "... un matin Hermann, un camarade, m'arracha ma serviette, la jeta par terre, et me frappa sur le nez en me disant : 'Tu es un vilain Juif.' Je saignai sans comprendre, mais le soir ma mère m'expliqua." Alors on sait que Jim c'est Henri Pierre Roché, l'auteur du livre, mais j'aurais bien aimé savoir comment s'appelait Jules dans la vie. »

J'ai alors entrepris la lecture de *Jules et Jim*, et dès la première page, presque à la lettre, je retrouvai le film que François Truffaut en avait tiré. Il y avait aussi, dans ces premières pages, décrit le moment où Jules avait crayonné à petites touches un visage de femme sur la table d'un bistrot. Visage de femme qu'il aurait aimée s'il n'avait pas aimé Lucie. Lucie, une fille de son pays, disait Jules, dont il avait demandé la main mais qui avait refusé. Curieusement cependant, Lucie, si présente dans le livre — il y avait même des chapitres entiers qui lui étaient consacrés : « Jules et Lucie », « Lucie et Jim », « Lucie à Paris », « Les voyages de Lucie » —, avait disparu du film. Tout comme plus tard disparurent Gertrude, Lina, Magda et Odile.

C'est lorsque Henri Pierre Roché, parlant de Lucie, avait écrit : Elle a dit : non — mais si doucement que j'espère encore », que le visage de Laura, presque naturellement, vint surimpressionner chacune de ses phrases : « Elle confia à Jim ses longues mains qui tremblaient. » « Elle lui donna, à travers ses cheveux, le contact de ses lèvres. » Et comme Jim, à cause « des petites choses parfaites qu'ils avaient vécues ensemble », j'eus la gorge serrée lorsqu'ils se séparèrent.

Le livre dans ma poche, je décidai alors d'aller Chez Victor pour en poursuivre la lecture.

Il y avait plus de huit mois, depuis le dernier baiser de Laura, que je n'étais pas revenu dans ce bistrot de l'impasse Compans. Il y avait peu de monde en ce début d'après-midi. « Ma » place étant libre, je m'y installai. Après avoir commandé un chocolat chaud à Monsieur Victor, je me rappelai à son souvenir.

« Avec Jeanne Moreau ? Bien sûr que je me souviens. J'ai même vu dans le journal que le film était sorti au cinéma.

— Oui, ça va faire quinze jours.

— Et alors ? On le voit bien mon bistrot ?

— Oui, oui. On le voit même plusieurs fois.

— Tant mieux. Vous savez pas quand ils vont le passer à la télé ?

— Non, ça je ne sais pas. Mais comme ça vient de sortir, je crois que ça ne va pas être pour tout de suite.

— Bon, ben j'attendrai. Parce que mon bistrot je le quitte pas souvent. Juste pour le pain et les croissants du comptoir avant d'ouvrir le matin. Et puis le dimanche place des Fêtes pour mon marché. Le reste, je me le fais livrer à domicile. Bon, allez, je vous prépare votre chocolat. »

En relisant ici, chez Victor, les pages où il était question de Lucie, alors qu'il y avait si longtemps que je n'avais pas revu Laura, j'avais l'impression de la sentir là, près de moi, n'osant plus tourner les pages, afin de rester avec Lucie qui me rendait Laura encore présente. Étrangement, dans les chapitres concernant Lucie, apparaissait ici et là, une phrase, une réflexion qu'il m'avait semblé déjà entendre : « Ne faites pas souffrir, Jim… » Et plus loin : « Jim, aimez-la, épousez-la, et laissez-moi la voir. Je veux dire : si vous l'aimez, cessez de penser que je suis un obstacle. » Et puis encore ceci, que j'étais persuadé d'avoir entendu dans le film :

« Toutes les inclinations qui vont de cœurs à cœurs, ah ! mon Dieu, mon Dieu ! comme elles créent des douleurs. »

J'ai fermé le livre et, dans un état de curiosité différent, je suis retourné le soir même au cinéma le Vendôme pour revoir *Jules et Jim*. J'avais eu raison : toutes ces phrases du livre étaient bien présentes dans le film mais attribuées à Catherine. Et la part de Catherine que j'aimais, c'était celle de Lucie, absente du film, que Truffaut lui avait donnée.

J'avais entendu à la radio un écrivain — je n'ai pas su lequel car j'avais pris l'émission en route — dire que son plaisir de lecteur était souvent lié à un lieu. Ainsi, expliquait-il, il lisait Giono sur les bords de la Durance, Maupassant en Normandie, Henri Calet dans l'autobus 96. C'est ce dernier exemple — le 96 passant devant chez moi pour monter aux Lilas en prenant la rue de Ménilmontant — qui m'incita à poursuivre la lecture de *Jules et Jim* chez Victor, trouvant que c'était évidemment le meilleur endroit.

Lorsque Monsieur Victor m'a vu revenir, il m'a tendu la main par-dessus son comptoir. Le zinc, disait-il.

« Votre chocolat, vous le prenez au zinc ? »

Consommer au zinc, il trouvait que c'était mieux pour la conversation.

Il y avait derrière le bar, punaisée sous le calendrier de l'année, une photographie prise dans le café. On voyait, au premier plan de la photo, le poêle « Godin » dont le tuyau traversait la salle et qu'on entendait encore ronfler. Tout à côté, un homme à casquette, en position d'habitué du zinc, une cigarette à la main et l'œil rêveur, ne semblait pas avoir prêté attention au photographe. Pas plus qu'une dame située, elle, derrière le comptoir, sa main gauche soutenant son menton. Qui était-elle ? Madame Victor ? Je ne posai pas la question.

« Ça date de 55 me dit Monsieur Victor, qui avait suivi mon regard. C'est un photographe qui a photographié le quartier qui me l'a donnée. Parce que mon café, il est historique. Tiens, je vais lui montrer quelque chose ».

En m'invitant à faire le tour du comptoir, il m'a désigné au sol une poignée qui permettait de soulever une sorte de trappe.

« Il sait où ça mène ça ? m'a demandé Monsieur Victor qui avait quitté le vouvoiement.

— Je suppose que ça doit mener dans la cave.

— Exact, c'est là que je mets mon vin. Mais pas seulement. C'est une planque. Enfin, c'était une planque, a-t-il poursuivi pour répondre à mon silence interrogateur. Ça mène rue de Belleville, au 213, juste au coin de la place des Fêtes. Il peut aller voir, c'est dans la deuxième cour. Il y a un regard. Le "regard de la lanterne" on l'appelle. C'est là que ça débouche.

— Et par là, on peut encore y aller ?

— Non, maintenant on peut plus. Ça a été muré. Mais du temps de Bonnot, on pouvait.

— Bonnot ? De la bande à Bonnot ?

— Exact ! Bonnot de la bande à Bonnot. Mais attention, moi, je l'ai pas connu parce qu'à l'époque j'avais le bonnet qui touchait pas le comptoir. Non, c'est celui qui m'a cédé l'établissement qui me l'a raconté. Il paraît que Bonnot, il venait souvent ici. Mais vous savez ce que c'est : il y en a toujours, pour se faire bien voir, qui prévenaient les flics, qui, comme ça finissait en impasse, étaient sûrs de le cueillir. Seulement, ils étaient à peine à la grille que Bonnot, il était déjà dans la cave direction le regard de la lanterne ou dans les autres regards, ceux de la rue des Cascades et de la rue de la Mare, parce qu'il paraît qu'ils communiquent tous. Finalement, Bonnot a fini par se faire avoir, mais bien plus tard et pas ici. À Choisy-le-Roi. Tiens, s'il veut en savoir plus, il y a un client qui vient souvent ici et qui connaît toutes les histoires de Belleville, la Commune, tout ça. Un vieux qu'a les cheveux qu'ont été aux sports d'hiver. C'est une chance de le rencontrer parce qu'il a connu tout le monde. Sauf qu'il y a une chose qu'il a toujours regrettée, c'est de pas avoir eu Louise Michel comme institutrice. Mais il aurait pu. Il avait quinze ans quand elle est morte. Ce que je veux dire, c'est qu'on en apprend autant à l'écouter qu'en lisant des bouquins. C'est maintenant l'heure en général à laquelle il arrive, a poursuivi Monsieur Victor en regardant un réveil posé là où il met les verres, il m'apporte mon *France-Soir*, il le pose sur le zinc après l'avoir lu, et il repart. Des fois, on fait un quatre-vingt-et-un. »

Des Piémontais, vraisemblablement ceux que j'avais vus la dernière fois, et que le froid sec avait chassés du terrain de boules, allèrent s'asseoir dans la deuxième salle.

« Bon, là faut que je vous laisse un moment, a dit Monsieur Victor en préparant sur un plateau des verres et une bouteille de vin pas encore débouchée. Du barbera — il désignait la vignette du doigt —, c'est un rouge que je fais venir d'Italie spécialement pour eux. Des anciens maçons. Ils ne boivent que ça. Si, des fois en été ils prennent une bière quand il fait chaud, mais sinon, dix mois de l'année, c'est celui-là. Je l'ai goûté : c'est pas mon goût mais il se laisse boire. C'est comme tout, c'est une question d'habitude. Tiens, vous, c'est du chocolat, eux, c'est du vin d'Italie.

— Et ils habitent tous le quartier ?

— Forcément. Un bistrot c'est pas un endroit où on y va en voiture ».

Et Monsieur Victor est parti les servir.

J'avais fini mon chocolat, mais je suis resté près du zinc. À cause de la conversation.

« S'il reste encore un moment, m'a dit Monsieur Victor en revenant avec son plateau vide, on va les entendre chanter. Parce qu'il ne faut pas croire. Ils sont venus en France avant la guerre quand ils étaient jeunes et qu'on avait besoin de maçons. Ils ont voulu recommencer une nouvelle vie en laissant la misère en Italie, mais le cœur il est resté là-bas. Alors ils boivent du vin de chez eux et ils chantent en italien. Mais que des airs anciens parce que c'est pas dans les airs nouveaux qu'on trouve la mélancolie. Même *Le chaland qui passe*, ils le chantent en italien.

Comme s'ils avaient entendu ce que me disait Monsieur Victor, les Piémontais, s'émouvant à l'avance de leur répertoire, entonnèrent *Mamma* avec l'émotion qui convenait.

« Tiens, c'est toujours par celle-là qu'ils commencent : *Mamma, son tanto felice*. Parce que la mamma, ils n'arrivent pas à se consoler de l'avoir quittée. »

Après, lorsqu'ils chantèrent *E tutti va in Francia / in Francia per lavorare*, dont il n'était pas difficile de comprendre les paroles, il me semblait, par effet de contagion, entendre ma mère chanter *Belz, mein shtetele Belz*, une chanson yiddish qui évoquait une bourgade juive de Pologne trop tôt quittée. Une de ces chansons où la nostalgie prend toute la place.

Et puis il y a eu *Bella ciao*, que j'ai chantonnée en les écoutant, et parce que j'étais tout de même fier de montrer à Monsieur Victor que celle-là je la connaissais :

« O partigiano portami via
O bella ciao, bella ciao, bella ciao, ciao ciao
O partigiano portami via
Ché mi sento di morir »

« Vous la connaissez ? D'où est-ce que vous la connaissez ?

— Je l'ai apprise en colonie de vacances.

— C'était une colonie de vacances italienne ?

— Non, non. Pas italienne. Mais c'est le chant des partisans italiens. Et comme à la colo on avait formé une chorale, on nous avait appris les chansons des partisans de plusieurs pays. »

C'est tout épaté que Monsieur Victor alla porter une autre bouteille dans la seconde salle.

Sur le comptoir, il y avait le *France-Soir* de la veille. Depuis quelques semaines, les journaux rendaient compte des multiples attentats commis par l'OAS dans la région parisienne. Cette fois, disait le titre, la bombe qui a explosé a grièvement blessé Delphine Renard, une petite fille de quatre ans et demi qui jouait à la poupée. Elle sera peut-être aveugle. La bombe visait André Malraux.

Je remis à plus tard la lecture de *Jules et Jim* et décidai de rentrer chez moi.

C'est alors que s'ouvrit la porte du bistrot. Un homme aux cheveux blancs, vêtu d'une grosse veste en velours côtelé en tout point semblable à celle que portait Robert le jour du tournage, après avoir fermé la porte derrière lui et ôté une casquette molle qu'il roula dans sa poche, alla s'asseoir au fond de la salle. Ses gestes étaient lents, presque méthodiques, comme ceux qu'il fit pour défaire chaque bouton de sa veste et déplier son journal qu'il étala devant lui.

Je me promis de revenir.

7

Huit morts. Les décès sont dus, disent les journaux, à des traumatismes crâniens et à des étouffements à la fin de la manifestation anti-OAS du 8 février. Huit morts. C'est le bilan de la répression policière. Huit morts, dont Daniel Ferry, quinze ans. L'âge d'Alex. Huit morts, dont Fanny Dewerpe, trente ans, retrouvée inanimée au métro Boulets-Montreuil. Fanny, qui, elle aussi, avait été monitrice à la colonie de vacances de Tarnos. Fanny, dont le mari, déjà, avait été tué en 1952 lors de la manifestation contre la venue en France de Ridgway. Elle laisse un jeune fils, Alain, âgé d'une dizaine d'années. Le journal m'apprend encore qu'elle demeurait au 97 de la rue Oberkampf. Tout près de chez moi.

Les obsèques sont prévues pour le mardi 13 février. Le cortège partira à dix heures du matin de la Bourse du Travail où seront exposés les corps des huit victimes. Il passera par la place de la République, l'avenue de la République, remontera le boulevard de Ménilmontant jusqu'à l'entrée principale du cimetière du Père-Lachaise.

Il n'y aura ni banderoles, ni pancartes, ni drapeaux, ni slogans.

« Couvrez-vous bien, il pleut et il fait froid », avait dit ma mère lorsqu'à huit heures et demie l'électricité s'est éteinte d'un coup. En hommage aux victimes, le travail venait de cesser.

« Tu fais bien attention à Alex », a-t-elle encore ajouté au moment où nous franchissions la porte. Je l'ai rassurée d'un sourire. Nous n'avons rien dit d'autre, mais dans nos regards se lisait la même histoire. Celle de la manifestation de Przytyk qui avait suivi le pogrom qui fit lui aussi plusieurs victimes et au cours de laquelle elle avait fait la connaissance de mon père et de celui d'Alex.

Je n'eus pas à veiller longtemps sur Alex. La foule immense qui se perdait bien au-delà du boulevard des Filles-du-Calvaire nous sépara sitôt dépassé le Cirque d'Hiver.

C'est avenue de la République, au croisement de la rue Oberkampf, alors que je cherchais du regard les numéros impairs afin de situer à quelle hauteur se trouvait l'immeuble où demeurait Fanny, que je suis tombé sur Robert. Cette rencontre n'était pas due au hasard — la présence de Robert dans ce cortège était prévisible —, ce qui était surprenant c'était d'être tombé sur lui au milieu de cette foule énorme d'hommes et de femmes qui avaient tenu à suivre les obsèques de ceux à qui la police parisienne avait ôté la vie. Les journaux parleraient d'un cortège de centaines de milliers de personnes.

Avant de se perdre, un peu avant d'arriver au cimetière du Père-Lachaise, Robert m'avait parlé de Fanny :

« Je pense à la peine de l'enfant. Qu'est-ce qu'on va lui raconter ? On va lui parler de justice ? De vengeance ? On va lui parler de l'héroïsme de ses parents, de leur courage, de leur combat ? Oui, je sais bien qu'il faudra préserver cette image, mais il y aura toujours d'abord son chagrin. En essayant d'imaginer sa peine, j'ai repensé à ces moments, en colonie de vacances, à nos chœurs parlés. Tu te souviens ? "Il n'avait pas un camarade / mais des millions et des millions / pour le venger il le savait…

— Et le jour se leva pour lui."

— Oui, c'est ça : "Et le jour se leva pour lui." C'est en 43, je crois, que Paul Éluard avait écrit ce poème. Est-ce qu'aujourd'hui, s'il vivait, il l'écrirait encore ? Je n'en suis pas très sûr. Je ne regrette pas ces chœurs parlés. On avait raison de les monter. À la Libération ça aidait à sécher les larmes, mais ça n'a pas empêché d'autres larmes de revenir. Tu sais, lorsque j'étais tailleur, j'avais un patron qui disait souvent : "Les larmes c'est le seul stock qui ne s'épuise jamais." Je ne me rendais pas compte à l'époque à quel point il avait raison. Tu vois, tout à l'heure j'ai croisé Janine, que je n'avais pas vue non plus depuis longtemps. Elle avait été à la manifestation jeudi soir et elle s'était trouvée tout près du métro Charonne, là où il y a eu le plus de morts. Et elle m'a dit que c'est en rentrant chez elle, en regardant la télé, qu'elle a appris comment ça s'était terminé, et elle a pris conscience tout à coup — elle avait donné son bébé à garder pour aller manifester —, elle a pris conscience qu'elle aurait pu laisser son propre enfant orphelin comme elle-même l'avait été puisque ses parents avaient été déportés et qu'elle avait passé son enfance en maisons d'enfants. Elle a été terrifiée à l'idée que ça aurait pu recommencer avec son propre fils, qu'elle ne pourrait pas lui donner ce qu'elle avait toujours rêvé de lui donner et dont elle avait été privée. Alors elle m'a dit que si elle était venue aujourd'hui, c'est pour Fanny, mais, et elle pouvait à peine retenir ses larmes, mais qu'elle n'irait plus manifester, qu'elle avait trop peur. »

À marcher près de Robert, je ne parvenais pas à oublier que j'avais quatorze ans lorsqu'il en avait vingt-deux, et ce qui me frappait à l'écouter, alors que ce n'était pas le souvenir que j'en avais gardé, ce n'était pas sa colère mais sa désespérance.

Nous avons parlé de nos projets. Moi, je ne savais pas trop encore. Lui m'a dit qu'il songeait sérieusement à rentrer à la télévision parce qu'il était de plus en plus tenté de réaliser des films documentaires et que c'était là, surtout, qu'on en avait la possibilité. Ce qui l'avait finalement décidé, c'était qu'il venait d'apprendre que se préparait pour le cinéma une adaptation du livre *Les Guichets du Louvre.*

« Ce qui m'inquiète dans ce projet, a précisé Robert, c'est l'annonce de ce projet. Il s'agirait, dit-on, "de la rafle des Israélites qui fit dix mille victimes parmi les habitants des quartiers du Temple et du Marais". Voilà : du Temple et du Marais ! Et pas des autres quartiers ? Alors pour échapper à la rafle il aurait suffi de changer de quartier ? De passer les "guichets du Louvre" et de se trouver sur la rive gauche ? Alors pourquoi Beck, Bzégowski, Brechner, Moskowitz, tous mes copains de la Butte-aux-Cailles ont-ils été arrêtés ? Qu'est-ce que c'est que cet enseignement de l'Histoire ? Je ne sais pas ce que sera le film, peut-être que les gens seront émus face à l'écran, mais je sais qu'il ne faut jamais se contenter de la fiction. L'Histoire, elle doit être racontée d'abord par ceux qui l'ont subie, par ceux qui l'on vécue. »

C'est peu après que nous nous sommes perdus. Au moment où une bourrasque de pluie et de grêle s'est abattue sur le cortège. Mais après avoir eu le temps de lui demander s'il savait ce qu'était devenu le « Jules » de *Jules et Jim.* Non, il ne savait pas. Il savait seulement qu'il s'appelait Franz Hessel.

C'est près du mur des Fédérés que je suis sorti du cortège. C'est là, entre le gros marronnier centenaire, dépourvu de feuilles, et la tombe de Jean-Baptiste Clément, que, couvert d'un feutre en taupe à bords baissés, se tenait l'homme aux cheveux blancs qui quotidiennement apportait son journal à Monsieur Victor. Mêmes moustaches à la gauloise, même foulard, même chapeau que l'auteur du *Temps des cerises*, à le voir regarder passer la foule, être là près de ceux qu'on allait mettre en terre, comme si les morts de ce 8 février faisaient renaître ceux de la Commune, il semblait être un peu ceux qui furent avant.

C'est donc tout naturellement que, dès le lendemain, je suis revenu dans le bistrot de l'impasse Compans.

Assis à la même table que l'autre jour, c'est à voix haute que l'homme aux cheveux blancs lisait un article du journal.

Chez Victor, ce n'était pas un café comme les autres. Il suffisait de regarder les visages de ceux pour qui était faite la lecture. Malgré les verres dont certains tenaient machinalement le pied, ils n'étaient pas venus là pour la soif. Ils étaient là, écoutant avec une attention toute particulière, comme s'ils retrouvaient quelque chose dont ils avaient été dépossédés :

« Les premiers rangs de la foule avaient atteint le Père-Lachaise avant que les derniers, au-delà de la République, aient pu se mettre en marche. Paris n'avait pas vu un tel cortège depuis des années. Combien étaient-ils, ces hommes et ces femmes, agglutinés dans la lente montée de l'avenue de la République, suivant les obsèques des huit manifestants tués le 8 février ? Et les fleurs ! ce fut une marée. Du haut de Ménilmontant, ces fleurs c'était comme un jardin en marche, submergeant lentement l'avenue de la République. Une des images les plus belles et les plus inoubliables qu'ait jamais offertes Paris à ceux qui aiment son peuple. Avec les fleurs, ce qui frappe le plus, c'est le silence. Pas un cri, pas un bruit ne sort de cette foule immense. On entend à peine le lent piétinement, sur le sol mouillé, de cette fantastique colonne qui accompagne ses morts vers les hauteurs de la ville, dans le vent glacial, les bourrasques de pluie et de grêle. Pendant toute la matinée, on ne verra pas un policier, pas un agent. Et jamais cortège n'aura été plus ordonné, plus discipliné, plus recueilli. Dans ce cortège, des mineurs de fond avec leur casque et leur lampe. Des déportés ont remis leur pyjama rayé d'il y a vingt ans. L'étoffe est délavée, fanée, grise comme celle d'un vieux drapeau. Après les fleurs, on porte de front les photos des victimes. Derrière, seule, la photo du petit Daniel Ferry. Un visage d'enfant. Il sourit, et ce sourire arrache des larmes à tous ceux qui le voient. Derrière la photo, suit immédiatement le fourgon funèbre de l'enfant recouvert de blanc. »

Resté debout, adossé au chambranle de la porte, je regardai ces hommes et ces femmes dont le silence semblait prolonger celui évoqué par l'auteur de l'article.

Ce qu'ils entendaient n'était pas que le récit de ce qui s'était passé la veille. Une part d'eux-mêmes resurgissait, ravivée par le mouvement des mots.

Près de moi, un gosse d'une douzaine d'années était attablé devant une grenadine à laquelle il n'avait pas osé toucher. Assise tout près de lui, une femme rapprocha sa chaise pour le serrer contre elle.

Personne ne bougea lorsque l'homme aux cheveux blancs, qui venait de terminer la lecture de l'article, se dirigea vers le comptoir. On vit ses lèvres trembler. Il annonçait un extrait de *L'Enterrement* de Victor Hugo.

Le tambour bat aux champs et le drapeau s'incline.
De la Bastille au pied de la morne colline
Où les siècles passés près du siècle vivant
Dorment sous les cyprès peu troublés par le vent,
Le peuple a l'arme au bras ; le peuple est triste ; il pense ;
Et ses grands bataillons font la haie en silence.
Le fils mort et le père aspirant au tombeau
Passent, l'un hier encor vaillant, robuste et beau,
L'autre vieux et cachant les pleurs de son visage ;
Et chaque légion les salue au passage.

Ses lèvres n'avaient pas cessé de trembler mais sa voix traversait la salle. Il y avait l'homme de la Commune dans celui d'aujourd'hui, et les vers étaient dits comme on retrouve un pays natal. Les mots d'Hugo ne mentaient pas, et ceux qui étaient là, qui portaient sur eux leur condition d'ouvrier, aimaient s'y retrouver.

Renvoyée à sa jeunesse et certainement à ses luttes par ces moments d'émotion, c'est tout naturellement et sans quitter sa place qu'une femme, un gros châle en laine posé sur ses épaules et maintenu par une grosse épingle de nourrice, se mit à chanter :

Quand nous en serons au temps des cerises
Et gai rossignol et merle moqueur
Seront tous en fête.

Ces hommes et ces femmes au milieu desquels je n'avais pas osé m'asseoir, dont je pensais que les souvenirs me tenaient à l'écart, me montraient des images de leur passé dont ils savaient qu'ils ne guériraient pas. Ce *Temps des cerises* commencé par une voix de femme, ils n'avaient pas à s'en souvenir : compagne fidèle, cette chanson ne les avait jamais quittés. Elle gagna toute la salle.

Moi qui ne crains pas les pertes cruelles
Je ne vivrai pas sans souffrir un jour.

J'ai repensé à *Casque d'or*, que j'avais été revoir après ce que Robert m'en avait dit. C'est sur cet air que Simone Signoret et Serge Reggiani valsaient comme au premier jour de leur amour.

Le jour déclinait lorsque j'ai quitté le bistrot de Monsieur Victor. Un réverbère — un vrai celui-là —, éclairant le terrain de boules, détaillait l'estrade montée sur pilotis. Placée à l'écart de la foule, cette guinguette avait fait un temps café la semaine et bal le samedi soir en récompense d'une semaine d'atelier. Qu'est-ce qui avait changé pour qu'on ne vienne plus y danser ?

Je pensais à Laura, dont je n'avais guère de peine à me rappeler la présence, lorsque j'entendis : « C'est un moment d'Histoire. »

C'était la dame, accompagnée de l'enfant à la grenadine qui, passant près de moi, me suggérait cette vue d'ensemble. En promettant de l'avenir à ce moment, à quoi faisait-elle allusion ? À cet espace que mon regard d'aujourd'hui paraissait découvrir ? À ce à quoi nous venions d'assister ? J'ai répondu d'un léger sourire et l'ai regardée partir, son fils lui donnant la main. Elle ne sut pas à quel point ses quelques mots prononcés sans grandiloquence aucune m'avaient ému.

Ce lieu et ce moment allaient devenir inséparables.

Comme si cette journée me montrait le chemin c'est presque porté que je me suis retrouvé rue Piat, là où, il y avait maintenant un an, j'avais retrouvé Robert photographiant la villa Ottoz. Et ce presque présent me paraissait si loin.

Arrêté un moment près de la rampe métallique où nous nous étions tus pour regarder Paris, j'ai promené mon regard sur les devantures allumées, le bistrot de Nadine accolé à la villa Faucheur, la villa Castel un peu plus loin, visible dans le film de Truffaut, les escaliers de la rue Vilin, la façade couleur lie-de-vin délavée du Repos de la Montagne, et la boulangerie ocre sur laquelle s'accrochait la rampe, où, malgré les conseils de Robert, je ne suis pas venu en avril au petit matin, mais dans laquelle je vais rentrer pour un pain au chocolat.

Comme les photographies récupérées par mon père, les lieux que j'avais arpentés, que je voyais sans prendre la peine de les regarder, je commençais à en prendre conscience, répondaient à un appel. Quelque chose de ce qui m'entourait se précisait, prenait place. Ces photographies, ces espaces qui s'emparaient de moi, qui n'étaient pas encore des souvenirs mais qui, me semblait-il, me constituaient, j'allais, sans le savoir encore, en avoir la nostalgie. C'est ainsi, descendant la rue Vilin dont les pavés disjoints et inégaux incitaient à emprunter le trottoir, que j'ai découvert les volets de Madame Rayda.

C'était peu après le Bois-charbons du bas de l'escalier, au rez-de-chaussée d'une maison jaune. Les volets étaient pleins, largement ouverts, et celui de droite portait, d'une main qui s'était voulue appliquée, une inscription qui, jusqu'alors, n'avait jamais attiré mon attention :

Madame
RAYDA
Grand Tarot Chaldéen
Astrologie — Graphologie — Médium
Chiromancie — Taches d'encre
Voyance sur photo et par correspondance
Retour d'affection
Consultation tous les jours
De 14 à 19 heures
47 RUE VILIN 47
PARIS 20e
Métro Couronnes

Et surmontant le tout, le dessin d'une main largement ouverte, ainsi que trois cartes à jouer dont un as de pique. Mais curieusement, il n'y avait rien concernant l'avenir.

8

C'est à quelques semaines de là, un samedi après-midi, que je suis allé au marché aux Puces de Saint-Ouen. Plus curieux qu'acheteur, j'aimais déambuler sur ces trottoirs où je ne parviens jamais à tout voir, où tout se vend, où tous ces souvenirs entremêlés s'éparpillent, se décomposent parfois. J'aimais aussi dans ce lieu qu'il soit fidèle à son propre désordre.

J'allais toujours d'abord à la Chope des Puces, un bistrot de la rue des Rosiers situé peu après le marché Biron, pour y écouter un trio de guitaristes manouches. Ce n'étaient pas toujours les mêmes qui jouaient à la Chope, mais on savait que le samedi et le dimanche après-midi on pouvait y entendre ce jazz particulier dont Django Reinhardt fut l'inventeur. On disait même qu'il avait joué dans cette Chope des Puces. Afin d'en témoigner, il y avait sur le mur du fond, enfermée sous vitrine, une guitare sous laquelle une étiquette indiquait qu'elle lui avait appartenu. On disait aussi que ceux qui y jouaient encore étaient des membres de sa famille. Des cousins. Ce qui devait être vrai en partie puisqu'il m'était arrivé d'y entendre Babik, son fils, qui, sans être l'imitateur de son père, jouait dans un style tout aussi ample avec le même sens du swing.

Il n'y avait ce jour-là qu'un seul guitariste. Un accordéon remplaçait les deux autres. Aussi est-ce plutôt le répertoire appelé « jazz musette » qui fut interprété. Ils jouèrent, bien sûr, les indispensables *Nuages* et *Minor Swing* toujours réclamés, mais aussi les airs popularisés par Gus Viseur ou Jo Privat comme *Manouche Party*.

Une heure plus tard, je suis passé voir Max, un copain de colonie de vacances qui tenait avec son père un stand juste en face du marché Paul-Bert. Comme il n'avait jamais rien dont j'avais besoin, il avait cessé de chercher à me vendre quoi que ce soit. Alors, assis sur des vieux fauteuils qui attendaient leur acquéreur, nous bavardions un moment. Mais Max n'était pas là. J'ai salué son père dont la photo en tenue de boxeur trônait sur une commode des années trente et j'ai continué du côté de la rue Jules-Vallès. Il faut s'offrir du temps pour cheminer dans cette rue. Et souvent se pencher. Car c'est à même le sol ici, sur un bout de vieux tapis, que s'exposent les trouvailles de la semaine. Un jouet d'enfant, un rasoir rouillé, un cendrier d'hôtel, une poêle à faire griller les marrons, une poupée amputée, d'autres objets encore dont il est difficile de déceler l'origine, et au milieu parfois, n'ayant en principe rien à faire là, un livre prétendu introuvable. Un badaud, sans projet d'achat particulier, mais poussé par le désir d'acquérir, demandera combien vaut le bouquin.

Plus sérieusement, c'est-à-dire reposant sur près de trois mètres de planches portées sur des tréteaux, il y avait un imposant stock d'images disposées en vrac, et tout autour des acheteurs, des vrais cette fois, cherchant à ne rien perdre, s'acharnant à sauver ce qui, selon eux, méritait de l'être, plongeaient dans ces supposés trésors. Photographies de famille tirées sur papier ou sur carton pour les plus anciennes, photographies de vedettes de l'écran dans un format généralement vertical, avec, dans le bas, le nom imprimé : Edwige Feuillère, Fernandel, Danielle Darrieux, et dans une boîte, plus soigneusement classé, tout un lot de cartes postales timbrées d'une semeuse. Dix centimes pour les rouges, cinq centimes pour les vertes. « Ça dépend du nombre de mots, explique le marchand. Bons baisers de Nice, c'est cinq centimes, et dix si on raconte sa vie. La signature, ça compte pas pour un mot. » La carte que j'avais entre les mains, écrite d'une plume trempée dans l'encre violette, était adressée à Monsieur Marouly, Hôtel des Lilas, 35, avenue Victoria, Vichy, Allier. Les scrupules que j'ai eus un instant à me promener dans les souvenirs d'un autre — cette carte pourtant avait été postée en 1916 — furent balayés par ce qu'elle représentait : Paris (XIe arrt) — Théâtre-concert du Bataclan, bd Voltaire.

Mon cher oncle,

J'ai reçu votre carte mercredi matin. Vous avez été le premier à me souhaiter la bienvenue à Paris et je vous en remercie. Votre carte est jolie mais le portrait de mon futur beau-père ne me dit rien qui vaille. Si le fils est taillé sur le même patron j'aime autant qu'il reste à Vichy. Je ne veux pas d'un mari aussi laid et vous-même ne seriez pas enchanté d'avoir pour neveu un épouvantail à moineaux.

Papa, maman et grand-papa vous envoient leurs plus affectueux souvenirs. Pour moi je vous embrasse bien fort. Votre nièce qui vous aime.

LAURENCE

Mais plus que la pittoresque correspondance qui souvent débordait sur le côté imagé de la carte postale, c'était bien davantage la représentation d'un Paris de l'autre avant-guerre qui m'intéressait.

Je trouvai quelques cartes de mon quartier que je mis soigneusement de côté : la rue Oberkampf vue de la rue Amelot, la sortie des écoles de la rue Saint-Sébastien où Alex et moi avions été scolarisés, une vue de la rue d'Angoulême devenue rue Jean-Pierre-Timbaud, la sortie du métro République, avant que ne jaillisse de l'épaisseur des documents étalés toute une série de photographies de films — presque une collection — dans lesquelles plusieurs mains fouillèrent aussitôt avec fébrilité.

Les traces de punaises visibles aux quatre coins des photographies, qui indiquaient qu'elles avaient à plusieurs reprises figuré aux devantures des cinémas, me renvoyèrent à l'image de Jean-Pierre Léaud dérobant la photo d'un film de Bergman dans *Les Quatre Cents Coups* de François Truffaut.

De ces fragments de films proposés, je venais de réussir, pensant à Alex, à extraire deux photographies des Marx Brothers : Harpo, Chico et Groucho dans *Un jour au cirque*, et Harpo dans *Une nuit à l'Opéra*, lorsque, accompagnant une main féminine tenant entre ses doigts une autre photo de Harpo affublé d'une visière et tapant à la machine, j'entendis : « Celle-ci devrait également vous intéresser. » Je remerciai la personne d'un sourire et imaginais déjà le plaisir d'Alex qui avait pour Harpo une tendresse proche de la vénération.

J'avais emmené Alex voir un film des Marx Brothers dès que je l'avais pensé capable de lire des sous-titres au cinéma. Il devait avoir sept ou huit ans. C'était *Les Marx au grand magasin* et il avait été tellement emballé de voir trois types faire sur un écran tout ce qu'il aurait aimé faire lui-même dans la vie qu'il avait fait de Harpo son maître à penser. Mais je n'en ai eu conscience que petit à petit.

Le soir, à table, il avait dit — son anniversaire étant proche — qu'il aimerait comme cadeau, en plus des patins à roulettes, un imperméable comme en portait Harpo avec des poches très profondes. Et il avait ajouté : « Plus tard, quand je serai grand, je voudrais être acteur muet. » C'est de Boubé qu'est venu le premier commentaire :

« Acteur muet ? C'est nouveau ça. T'as rien trouvé d'autre ? Juste acteur muet ? Si tu commençais par être muet dans la vie, tu crois pas que ça serait plus intelligent ? Tu crois qu'on peut être muet comme ça ? Juste en allant au cinéma ? »

La réaction de Boubé avait au moins deux explications.

Comme elle avait près de cinquante ans lorsque juste avant la guerre elle était arrivée en France, elle avait décidé qu'il était trop tard pour qu'elle se mette à apprendre une nouvelle langue, et c'est toujours en yiddish qu'elle s'adressait à nous. Ce qui fait qu'Alex et moi comprenions le yiddish sans le parler et que pour Boubé c'était exactement l'inverse : comme nous lui répondions en français, elle avait fini par le comprendre sans savoir le parler. Pour lire c'était pareil. Elle ne comprenait ce qu'elle lisait dans le journal qu'à la condition de le lire à haute voix. C'est pourquoi, alors qu'un jour elle avait, à la demande de ma mère, emmené Alex au cinéma pour voir un western et étant tombée sur un film en version originale, elle n'avait pu s'empêcher, comme pour le journal, de lire les sous-titres à voix haute. Aussi les spectateurs avaient eu le curieux privilège d'entendre toutes les répliques de John Wayne avec l'accent yiddish. C'est dire dans quel état de fureur et de honte Alex était revenu à la maison en jurant que c'était bien la dernière fois qu'il mettait les pieds dans un cinéma en compagnie de Boubé.

C'est sous l'occupation allemande qu'il fut décidé qu'elle serait muette. Comme les mots qui sortaient de sa bouche portaient tous une étoile jaune, elle fut contrainte au mutisme dès franchi le seuil de la maison. Ce qui n'était pas sans poser de problèmes, comme on me l'a raconté plus tard. Elle m'emmenait souvent au parc Montsouris, qui n'était pas loin de Gentilly où nous étions cachés, et comme il lui était interdit de m'appeler, elle se trouvait dans l'obligation de me courir après dès que je m'éloignais un peu trop. Il n'existe pas de statistiques officielles permettant d'évaluer l'augmentation soudaine de muets parmi la population des émigrants généralement juifs fraîchement débarqués d'Europe de l'Est et qui dès la Libération auraient — pour les survivants — miraculeusement retrouvé l'usage de la parole. C'est dommage, car j'ai appris bien plus tard qu'ils furent nombreux à utiliser cette infirmité. Ma mère ma raconté que, m'obstinant à appeler ma grand-mère Boubé — j'avais à peine plus de deux ans —, elle fut vite repérée par une autre grand-mère usant du même simulacre.

Se contentant au début de se saluer par un léger mouvement de tête, elles inventèrent bientôt toute une série de gestes leur permettant d'alimenter leur conversation, et je me suis souvent demandé depuis, si le hasard avait voulu que leur chemin croise celui d'un véritable sourd-muet, ce qu'il aurait compris de cette nouvelle gestuelle.

Et c'est parce qu'elle pensait avoir joué le rôle de muette à la perfection que, concernant le projet artistique d'Alex, ma grand-mère émettait les plus grandes réserves.

L'autre raison, celle qui rendait difficiles les relations entre Boubé et Alex et qui chagrinait tant maman, était plus douloureuse.

Pour Boubé, j'avais nécessairement toutes les qualités puisqu'elle considérait que c'était elle qui, dès mon plus jeune âge, avait pris en charge mon éducation. Aussi, malgré l'absence d'un père à la maison, elle trouvait que nous étions bien tous les trois, elle, ma mère et moi, dans notre logement de la cité Crussol.

Le vrai problème pour Boubé fut la réapparition de Leizer. Leizer, qui pour elle restait celui qui, devant tous les invités, avait sali le mariage de sa fille et qui maintenant prenait la place laissée vide. Il était l'intrus, l'usurpateur, celui qui allait prendre le pouvoir.

Mais Leizer n'était rien de tout cela. Resté seul

après la guerre, il avait seulement, en plus de la femme qu'il n'avait jamais cessé d'aimer, trouvé une famille et il en remerciait le ciel.

Mais c'est surtout la naissance annoncée d'Alex que Boubé ressentit comme l'imminence d'une menace. Déjà, lorsque Leizer était venu habiter à la maison, le lit-cage dans lequel je dormais, que l'on dépliait le soir et repliait le matin, avait été déplacé dans la petite pièce qui servait de chambre à ma grand-mère. Ce qui l'obligeait — sans qu'elle s'en plaigne — à se déshabiller dans le noir. Ma mère savait bien ce que cette naissance impliquait et c'était pour elle une préoccupation de plus en plus absorbante. Notre logement devenant vraiment trop petit, il fallait absolument trouver une chambre pas loin pour que Boubé aille y dormir. Et ce qui n'était encore pour elle que la fin d'une tranquillité se transforma en véritable angoisse.

Alors la discussion qui suivit le projet de déménagement et que ma mère redoutait tant finit par éclater.

« C'est pour me mettre à la porte de chez toi que tu m'as fait venir de Pologne ? J'ai tout quitté pour toi : mes amis, ma maison, la tombe de ton pauvre père. Si j'étais restée là-bas, au moins j'aurais pu aller sur sa tombe lui parler. Qui est-ce qui va sur sa tombe maintenant pour lui parler ? Les Polonais ? Même de son vivant ils ne lui parlaient pas.

— Mais maman, qu'est-ce que tu me parles de la Pologne ? Il n'y a plus de Juifs en Pologne ! Tu crois qu'il reste encore là-bas des Juifs pour se souvenir de toi ? Tu crois qu'à Przytyk il reste une seule Juive pour demander à une autre : avez-vous des nouvelles de madame Horowitz ? Ils sont tous morts dans les camps, les Juifs ! Ils sont tous partis en fumée ! Même les tombes des cimetières juifs ont été saccagées !

— Et parce que la France c'est mieux ? Yankel a voulu voir la France et qu'est-ce qu'il a vu de la France ? Il n'a rien eu le temps de voir. Juste le temps de faire un enfant, que Dieu le bénisse, et juste après lui aussi il est parti en fumée. Il s'est fait appeler Jacques et à quoi ça lui a servi ? C'était la peine de tout quitter pour aller dans un pays où on ne connaît personne ?

— C'est vrai que Yankel n'est plus là, mais ici au moins tu es vivante, tu as une fille, tu as un petit-fils et bientôt un autre encore. Et puis personne ne te met à la porte. Ça sera toujours comme maintenant, tu seras toujours à table avec nous midi et soir. C'est juste pour dormir la nuit. Et puis comme ça tu seras plus tranquille. J'ai déjà demandé à la gardienne de trouver quelque chose à côté. Comme ça, même Bernard pourra venir te voir sans sortir de la cité.

— Parce que ça y est, tout est déjà organisé ? L'enfant n'est pas encore là et déjà je dois partir ? »

C'est dans ce climat d'appréhension que maman est arrivée de l'hôpital Rothschild avec Alex dans les bras. Bien que la gardienne de la cité Crussol, à qui elle avait donné une gratification, ait déjà trouvé dans le bâtiment contigu un petit studio équipé d'une cuisine, ma mère avait demandé à Boubé d'être encore là pour l'accueillir et elle avait bien fait. Aussi, contre toute attente, c'est d'elle-même, et tout naturellement, que ma grand-mère prit l'initiative peu de temps après d'aller s'installer dans son studio. « Puisque de toute façon, avait-elle dit, je ne dors pas la nuit, je peux très bien rester chez moi pour ça. » Elle avait dit « chez moi », tout était pour le mieux. Finalement, même après, lorsque Leizer fut une des victimes de l'accident d'avion qui coûta la vie à quarante-huit passagers, elle continua à dormir dans son studio. Ce qui n'empêcha pas Alex d'avoir avec grand-mère des rapports compliqués.

Lorsque Alex était à l'âge que l'on appelle maintenant « période caca-boudin » et qu'il se retrouvait à la maison avec deux ou trois copains, dès que l'un d'eux disait « caca », un autre « zizi » et un troisième « prout », le rire les pliait en deux. Lorsqu'ils en étaient à « trou du cul », ils se roulaient sur le tapis en se tenant le ventre. Avec « gros nénés », au bord de la convulsion. Et ainsi de suite jusqu'à l'épuisement de leurs connaissances.

Quelque temps après être sorti de cette période, Alex m'avait demandé si, lorsque j'étais petit, je rigolais moi aussi avec ce genre de plaisanterie.

« Oui, sûrement, comme tous les petits.

— Et maman te disait rien ?

— Non, je ne me souviens pas qu'elle disait quelque chose. Elle devait se dire que ça me passerait avec l'âge, comme ça t'est passé.

— Et Boubé non plus te disait rien ?

— Boubé non plus.

— Moi elle me disait que c'était pas propre. Alors qu'est-ce que tu disais comme choses, toi ?

— Qu'est-ce que je disais ?… Je ne sais plus, moi, ce qu'on disait.

— Mais si, tu disais quoi ? Tu te rappelles pas ?

— Mais non, je ne me rappelle pas. Ah si : "Tu me l'échanges ?"

— Quoi ?

— "Mon cul contre une orange." »

Cette plaisanterie rimée, Alex n'eut pas la patience de se retrouver face à un de ses copains pour en expérimenter l'effet. Il n'y avait sur le moment, à repriser des chaussettes dans la salle à manger, que Boubé de disponible. Ce n'était pas le meilleur choix.

« Boubé, l'ai-je entendu dire, tu me l'échanges ?

— Quoi ?

— Le cul à Bernard contre une orange. »

Il y eut le bruit d'une claque, suivi du retour d'Alex des larmes coulant le long de ses joues.

Plusieurs années passèrent avant que je comprenne le véritable chagrin d'Alex. Cette histoire de « cul à Bernard contre une orange », qui sur le moment m'avait amusé, aujourd'hui me bouleversait. Ce n'était pas la gifle de Boubé qui avait provoqué les larmes d'Alex, mais qu'il la reçoive sans comprendre pourquoi. Quel mal avait-il fait ? Il n'avait pourtant fait que redire ce que je lui avais dit. Et c'est pour ça qu'il avait été giflé ?

C'est à peu près pendant cette période d'incompréhension que j'avais abusivement et stupidement joué avec son innocence. Il m'avait demandé pourquoi il avait toujours l'impression que mon père, sur la photo placée sur le buffet, le regardait quelle que soit la place à laquelle il se trouvait dans la salle à manger. Et il voulait savoir s'il continuait à le regarder même lorsque lui ne le regardait pas.

« On va voir ça. Retourne-toi, je vais te le dire. »

Alex, qui avait en moi une confiance illimitée, s'était aussitôt retourné.

« Oui, même si tu ne le regardes pas, il continue de te regarder.

— Ah bon ? Et toi aussi il te regarde quand tu le regardes pas ? a demandé Alex.

— On va encore voir ça. Je vais me retourner et tu vas me dire s'il me regarde.

— Non, c'est toujours moi qu'il regarde, a dit Alex dès que j'eus le dos tourné.

— Alors je crois que ça veut dire qu'il te surveille pour voir si tu ne fais pas de bêtises. »

À la tête qu'Alex a soudainement faite et avant qu'il n'aille pleurnicher sur les genoux de maman, je me suis empressé de le consoler en lui disant que lorsqu'il s'était retourné, c'était seulement moi qui étais regardé par la photo. Et je lui ai expliqué que c'était toujours comme ça. Lorsqu'une personne regardait le photographe au moment d'être prise en photo, on observait chaque fois le même phénomène. J'ai même pris le dictionnaire Larousse pour en faire la démonstration. Presque à chaque page il y avait un personnage célèbre qui nous regardait. Il a été rassuré. Moi, il me reste le remords. Il est installé dans ces souvenirs.

Pour Alex, peut-être plus encore que pour moi, maman était l'élément indispensable de la famille. Rassurant et protecteur. Elle était là toujours et il n'imaginait pas qu'il puisse en être autrement. À la maison, les hommes n'avaient fait que passer. Ils étaient seulement ceux dont on parlait de temps en temps. Alex disait « ton père » en parlant du mien, alors que j'appelais le sien Leizer. Et que nous ne portions pas le même nom ne posait aucun problème particulier. J'avais même trouvé comique le jour où, rentrant à la maison, je surpris Alex passablement énervé, criant presque au téléphone : « Non, pas Chigelman ! Zygelman ! avec un Z comme Zorro ! » et il avait raccroché.

« C'était qui ?

— Un imbécile ! »

C'était tout ce que j'avais pu obtenir comme réponse, mais c'est depuis, je crois bien, qu'Alex, comme pour affirmer son identité, avait choisi de jongler avec son patronyme de manière tout à fait singulière. Ainsi, au lieu d'épeler son nom comme on le fait habituellement en employant des prénoms usuels, il utilisait des noms de villes, et de préférence des villes étrangères, comme noms de références. Et j'ai essayé d'imaginer la tête de son interlocuteur le jour où j'ai entendu Alex dire comme une évidence : « Zygelman. J'épelle : Z comme Zagorsk, Y comme Yalta, G comme Gorlovka, E comme Engels, L comme Leningrad, M comme Moscou, A comme Archangelsk, N comme Novossibirsk. » Parfois il changeait de pays. D'autres fois, parce qu'il en avait fait un jeu, il s'amusait à mélanger les genres, ainsi le Z de Zigoto côtoyait l'Y de yaourt et le G de grenadine.

Jusqu'au jour où, apparemment détaché de ce qui fut peut-être un souci, il avait arrêté.

À parler d'Alex, des bouffées de souvenirs, dont je n'étais pas en mesure de soupçonner toute l'importance, me parvenaient sans que je les appelle.

En raison de son inépuisable énergie, de sa vivacité d'esprit et de son sens de la répartie — son agitation verbale en avait fait un Harpo parlant —, nous avions longtemps pensé qu'il s'était forgé un système de défense très aiguisé. Je crois que nous avions eu tort. Et lorsque Boubé disait : « Alex, c'est un enfant pas comme les autres », maman lui en voulait. Pourtant, même de mauvaise foi, c'est Boubé qui n'avait pas tout à fait tort.

C'est le jour où Alex était rentré furieux de l'école avec une rédaction pour laquelle il avait pourtant obtenu une très bonne note que nous avons eu la première fois — et ma mère bien plus que moi — l'impression tenace qu'il avait, avec ce travail scolaire, eu l'envie de dire quelque chose, quelque chose qu'il ne pouvait pas dire autrement, mais dans quoi nous pouvions discerner comme le reflet d'un désarroi.

Dans cette rédaction : « Racontez une histoire extraordinaire », Alex avait raconté avoir lu celle d'un homme dans un coma profond et maintenu en vie à l'hôpital sans aucune chance de survie. Au bout d'un an, contre toute attente, il était sorti du coma en demandant quel jour on était.

« Mardi, a répondu l'infirmière, avant d'avoir eu le temps de prévenir le médecin de service de cet incroyable et soudain réveil.

— J'ai donc dormi quatre jours ? a dit l'homme avec étonnement.

— Pas exactement, a répondu l'infirmière, un an et quatre jours. »

L'homme avait alors pâli, ouvrant des yeux ronds avant de les refermer pour toujours. La nouvelle venait de le tuer. Alex avait terminé sa rédaction en disant que l'infirmière était sa mère et qu'à la suite du décès de l'homme elle avait été renvoyée de l'hôpital pour faute professionnelle et que depuis elle était au chômage. Et c'est pourquoi, avait expliqué Alex, condamné depuis à faire des économies, il n'avait pu acheter les fournitures scolaires demandées par l'école.

La maîtresse, émue et tout attendrie, et se sentant coupable de l'avoir puni, s'était rattrapée en lui donnant la meilleure note de la classe.

« Je ne savais pas que ta maman était infirmière, lui a dit la maîtresse en l'appelant au tableau pour lui rendre sa copie.

— Elle est pas infirmière, a dit Alex devant toute la classe, elle est vendeuse dans une bijouterie.

— Comment ça, elle est vendeuse dans une bijouterie, elle n'est pas vraie ton histoire ?

— Ben non, madame, elle est pas vraie.

— Mais pourquoi as-tu inventé une histoire pareille ?

— Mais c'est vous, madame. Vous nous aviez dit d'inventer une histoire qui ait l'air vraie.

— Mais tu n'étais pas obligé de dire que ta mère était au chômage et surtout de me faire croire que c'était à cause de ça que tu n'avais pas acheté les fournitures scolaires. Vraiment, je regrette de t'avoir donné une aussi bonne note. »

En nous racontant l'histoire de cette rédaction, la colère d'Alex était tombée et il avait alors eu du mal à retenir ses larmes. Il avait été tellement fier, nous avait-il dit, lorsque la maîtresse, en lui annonçant qu'il avait obtenu la meilleure note de la classe, avait tenu à lire son texte devant tous les élèves, que l'humiliation n'en avait été que plus forte. « Même avec une mauvaise note, elle avait pas le droit de m'humilier. Alors pourquoi avec une bonne note ? » Il était si malheureux que maman, qui devait y penser comme moi, n'osa pas lui demander ce qu'il avait fait de l'argent. Mais il y avait plus : ce texte, il ne l'avait pas écrit comme ça, pour rien. Et surtout pas pour justifier l'argent autrement dépensé. Pourquoi avoir mêlé maman à cette histoire et fait croire dans un premier temps qu'elle était au chômage ? Pour susciter l'apitoiement de la maîtresse ? Alors pourquoi avoir dit le contraire dès la bonne note obtenue ? Avait-il, sans qu'il en ait totalement conscience, voulu exprimer le désir de se faire entendre ?

Trop de questions m'empêchèrent d'approfondir ce que nous avions perçu comme un clignotement, et puis, sans que cela évacue les questions, je me suis souvenu — en me disant que ce n'était peut-être pas le meilleur moment de le rappeler — de ce qu'il avait dit un soir à table et qui nous avait tous faire rire : « J'aimerais écrire des choses intelligentes. Tellement intelligentes qu'en les relisant je ne comprendrais pas ce que j'ai écrit. »

Les histoires concernant Alex, comme pour se rassembler, continuaient à accourir. En particulier celles où Boubé était également présente. Face à ses singularités, même sans être visée, elle se contentait généralement, en signe de réprobation, de lever les yeux au plafond. De temps à autre elle promettait encore une gifle. Promesse qu'elle oubliait vite. Mais je crois plus juste de dire qu'elle décidait d'oublier. Sauf une fois.

Comme maman ne voulait pas laisser Alex seul à la maison, un soir qu'elle avait chorale — un soir par semaine elle répétait avec la chorale populaire juive de Paris — et que j'étais absent moi aussi, elle avait demandé à Boubé de rester avec Alex jusqu'à son retour.

Alex, sitôt le dîner expédié, avait voulu allumer la télévision. Sachant que maman ne voulait pas qu'il regarde la télé le soir lorsqu'il avait classe le lendemain, Boubé s'y était fermement opposée. Or, Alex adorait le foot, et il y avait ce soir-là la retransmission en direct d'un match opposant la Juventus de Turin — club dont Alex était un inconditionnel — à je ne sais plus quel club français. Devant son insistance, Boubé lui avait demandé ce qu'il y avait de particulièrement intéressant à la télévision pour s'obstiner à ce point.

« Il y a la Juve.

— La Juive ? Quelle Juive ? Qu'est-ce qu'elle fait à la télévision, la Juive ?

— Elle joue au foot. »

Cette « insolence » d'Alex, c'était plus que ce qu'elle pouvait supporter, et comme pour « le cul à Bernard contre une orange », imprévisible, la gifle partit aussitôt.

Alex n'en revint pas.

Il avait bien entendu Boubé prononcer la « Juive », mais mettant cette interprétation sur le compte de son accent yiddish, il n'avait pas pris la peine de relever. Qu'il soit privé de télévision, avec, pour raison, l'école du lendemain, malgré les regrets il s'en serait consolé. Mais ce qu'il ne parvenait pas à comprendre cette fois encore, c'était une gifle pour toute réponse. Et cette fois encore, les larmes vinrent, nées non pas de la douleur mais du sentiment d'injustice. Cette gifle, incompréhensible, renvoyée à la gifle première, il allait en garder longtemps la cicatrice et cette blessure le dépassait. Aussi, une fois au lit, cherchant seulement à obtenir une consolation et remettant à plus tard l'espoir d'une explication, les larmes d'Alex redoublèrent d'intensité au retour de maman.

Quelque chose en lui n'allait plus se taire. Il lui fallait rebondir en évitant l'affrontement dont il savait qu'il ne sortirait pas vainqueur. Il allait se venger autrement. Puiser en lui d'autres ressources. Celles du plaisir, de la délectation. C'est pourquoi sans doute, peu de jours après, alors que nous étions tranquillement à table tous les quatre, maman, Boubé, Alex et moi et que nous crûmes les pleurs oubliés, sans aucune relation avec ce que nous étions en train de dire, il demanda :

« Boubé, comment dit-on “rue des Hospitalières-Saint-Gervais”, en yiddish ? »

9

La jeune personne qui, aux Puces de Saint-Ouen, avait trouvé pour moi la photographie de Harpo Marx s'appelait Odile. À la Brasserie Paul-Bert, une fois attablés derrière une portion de frites que nous mangions avec les doigts, elle m'apprit qu'elle était documentaliste. Elle était venue aux Puces chercher toute une série du supplément illustré du *Petit Journal* qu'un marchand lui avait mise de côté.

Déjà chargée de ces journaux, mais cependant attirée par l'imposante quantité de photographies dans laquelle nous étions déjà plusieurs à fouiller, elle s'était arrêtée et elle avait bien fait. Pas seulement pour la photographie de Harpo qu'elle mit devant mes yeux, mais parce qu'elle était tombée, disait-elle, sur deux autres photos dont l'une était presque une rareté : une carte postale du début du siècle représentant la prison militaire du Cherche-Midi. Cette prison, appelée à être démolie pour être remplacée par un immeuble abritant la future

Maison des Sciences de l'Homme, il lui avait été demandé, en vue de la publication d'un ouvrage sur l'histoire de ce bâtiment, de trouver un maximum de photos et de documents. C'est là, dans cette prison, me précisa Odile, que le capitaine Dreyfus, accusé à tort de trahison, fut incarcéré.

Au garçon qui passait, elle demanda quelques serviettes en papier pour s'essuyer les doigts. Je regardai par-dessus son épaule. Max n'était toujours pas là, son père, assis sur un de ses vieux fauteuils, était penché, concentré au-dessus d'une table basse sur laquelle un journal était largement étalé. Avec un crayon dont il mouillait régulièrement la mine avec sa langue, il semblait cocher ou souligner scrupuleusement quelque chose qui à coup sûr devait ressembler aux noms des partants des courses se déroulant le lendemain à Vincennes.

La table débarrassée, Odile me montra quelques exemplaires du *Petit Journal*, dont chaque numéro proposait tous les dimanches à ses lecteurs, avec un dessin en couleur en pleine page de couverture, un rendez-vous avec l'actualité récente.

Défilèrent entre mes mains, « la dégradation d'Alfred Dreyfus » avec un cuirassier casqué brisant sur ses genoux l'épée du capitaine, « le capitaine Dreyfus devant le conseil de guerre », « l'Affaire Zola », et, le plus précieux pour Odile, l'exemplaire daté du 20 janvier 1895, légende « Alfred Dreyfus dans sa prison », sur lequel Dreyfus est représenté en civil, le désespoir visible, appuyé debout contre un des murs de sa cellule, alors qu'un gardien, de derrière le guichet, lui fait passer une gamelle accompagnée d'un quignon de pain.

« Dans cette prison, disait Odile, il a attendu près de trois mois avant que sa femme soit autorisée à lui rendre visite. Heureusement, Forzinetti, l'officier responsable de la prison du Cherche-Midi qui voyait Dreyfus quotidiennement, était persuadé de son innocence. Il a été le premier à le dire. Il l'a même écrit à Lucie Dreyfus et il a été obligé de quitter l'armée. »

L'autre photographie qu'Odile avait trouvée n'était pas une carte postale, mais une photographie sur papier cartonné épais comme on en faisait beaucoup au début du siècle et qui, prises par des photographes de renom, représentaient généralement des personnages du monde politique, littéraire ou artistique. C'est le portrait d'un militaire que j'avais en main. Le lieutenant-colonel Georges Picquart. Au dos de la photo, il y avait, soigneusement calligraphié, le nom du photographe :

A. Gerschel, 17, boulevard Saint-Martin.

« 17, boulevard Saint-Martin ? Là où il y a les chaussures André ?

— Je ne sais pas s'il y a là, maintenant, les chaussures André, a dit Odile étonnée, mais pourquoi ? Vous connaissez le 17, boulevard Saint-Martin ?

— Je connais le boulevard Saint-Martin par cœur.

— Par cœur ? Comment ça par cœur ?

— Comme ça :

Au 1, Caveau de la République.

Au 3, Chaussures Bally, Bijouterie Caraud.

Au 5, Bar Le bouquet de la République.

Au 7, Tailleur.

Au 9, Wilson Chaussures, café-tabac.

Au 11, Radio ciné TSF, Bijouterie La Croix rose.

Au 13, Chausseur, Parfumerie des Galeries Saint-Martin.

Au 15, Aux Abeilles d'or, Bijouterie-Horlogerie, le Record du rire, Farces, Attrapes et Cotillons.

Au 17, Chaussures André, Daniel Legrand Fleurs artificielles.

Au 19, Chapeaux pour dames, Bijoux.

Au 21, Imprimeur.

Au 23, Deboucheron Bar, Marcel tailleur.

Au 25, Horlogerie française, Peuvrier Pharmacie Homéopathie. »

Tous ces noms de commerçants que je m'entendais réciter si longtemps après les avoir tant de fois vus, lus, entendus, je n'aurais pas cru, malgré ce que je venais d'affirmer, qu'ils soient encore aussi présents en moi. Odile, devant ce déferlement, avait presque écarquillé les yeux. Elle avait sa main posée sur la bouche comme pour s'empêcher de m'interrompre et me permettre de continuer.

Je décidai d'aller jusqu'au bout.

« Au 27, Koh-I-Nor Joaillerie, Thomas cycles et réparations.

Au 29, Bijoutier-parfumeur.

Au 31, Librairie-papeterie.

Au 31 bis, Godechot Bijouterie.

Au 33, Le Coucou Cabaret artistique, l'Ambiance meubles.

Au 35, Aux Mines d'écume, pipes et articles pour fumeurs, Tobias Tailleur, magasin d'optique.

Au 37, Restaurant Caillet, Kinérama Cinéma.

Au 39, Bar-Yton café-bar, Comptoir des Grands Boulevards Bijouterie, Le Bon Livre, librairie.

Au 41, Bureau de poste.

Au 43, Vauguier, photographe.

Au 45, Café La Riviera, Rand Frères.

Au 47, Restaurant.

Au 49, Bijouterie À la Renaissance.

Au 51, Robero, Tailleur, la Stéréoscopie Universelle.

Au 53, Tabac et Vins, Pharmacie,

Et au 55, ouf ! Café de la Croix de Malte. Après c'est la rue Saint-Martin.

— Je suis aussi épuisée que vous, a dit Odile en éclatant de rire. J'ai eu l'impression de courir à côté de vous tout le long du boulevard. J'en ai presque oublié de respirer. Mais c'est incroyable ce que vous avez fait là ! Je n'en reviens pas. »

Et elle a rappelé le garçon pour nous commander à boire.

Moins d'une semaine après, Odile m'envoya une lettre. Elle prolongeait la conversation que nous avions eue à la Brasserie Paul-Bert et au cours de laquelle il avait bien fallu que j'explique le « Jeu des Grands Boulevards » pratiqué le dimanche avec Leizer. J'en ai dit peu. Quelque chose me retenait. Et puis, ce qu'il m'intéressait de savoir, c'est ce que c'était qu'être documentaliste. En quoi ça consistait exactement. Comment ça s'apprenait. Comme ça lui semblait un peu long à expliquer, Odile avait choisi de me donner une définition proche de celle que j'aurais certainement pu trouver dans un dictionnaire, me disant à peu près qu'une ou un documentaliste, c'était une personne qui cherchait, trouvait parfois, puis classait des documents en vue d'une publication ou pour le compte d'un service public. C'est après des études de lettres qu'elle était entrée à l'Institut national des techniques de la documentation, où elle avait obtenu son diplôme de documentaliste. On pouvait travailler à plein temps pour un organisme, ou bien librement au coup par coup, et passer ainsi de la littérature à l'histoire ou à la peinture. Et c'est cette option qu'elle avait choisie. Elle me promit d'en dire plus une autre fois sur ce travail qu'elle faisait avec plaisir. Que ce plus, elle n'allait pas le dire là, le jour même, alors que nous venions de faire connaissance. Pourtant, dans ce qu'elle a pu me dire, ce que je retins avant tout, sans le comprendre tout à fait, c'est lorsqu'elle ajouta que c'était le jour où elle s'était aperçue qu'elle avait peut-être plus de plaisir à chercher qu'à trouver qu'elle avait compris qu'elle était réellement devenue documentaliste.

Et nous avions échangé nos adresses.

La lettre d'Odile était accompagnée d'une carte postale représentant une boutique d'optique médicale située au 37, boulevard Saint-Martin, là où il y avait le restaurant Caillet et le Kinérama. La photo était ainsi légendée : « Maison Guilleret, opticien. Fournisseur des ministères de la Guerre et de la Marine. 37, boulevard Saint-Martin. Paris. »

« Il y a aujourd'hui au numéro 37, mais vous le savez peut-être, écrivait Odile, Alexandre, Horloger, et le cinéma le Bosphore. »

Elle avait commencé sa lettre en me remerciant parce qu'en remontant comme moi le boulevard Saint-Martin, frappée par ma « récitation », elle n'avait pu se retenir d'aller y voir — arrivée à la hauteur du numéro 29, elle avait eu la satisfaction de remarquer, apposée au-dessus du porche d'entrée, une plaque célébrant le centenaire de la naissance de Méliès. Cette plaque n'était là que depuis quelques mois, et elle m'en avait recopié le texte :

Dans cet immeuble est né
Le 8 décembre 1861
Georges Méliès
Créateur du spectacle
cinématographique
Prestidigitateur, inventeur
de nombreuses illusions

« C'est une chance de vous avoir rencontré, disait-elle dans sa lettre, cette reconnaissance, bien que tardive, est pour moi d'une grande importance, car Méliès, dreyfusard de la première heure, avait réalisé dès le procès de Rennes (1899) un film sur l'affaire Dreyfus. Ce film, d'une durée de 15 minutes — durée inhabituellement longue pour l'époque —, avait été longtemps interdit de projection en raison, je pense, de la sympathie clairement affichée dont Méliès faisait preuve envers le capitaine Dreyfus faussement accusé. »

Et plus loin :

« Il faudra que nous nous revoyions un jour à cause de cette succession de noms d'enseignes arrivés en rafale que j'ai reçue comme un enseignement. Je crois, bien que ça ne soit pas très clair pour moi, que c'est un phénomène qui n'a rien à voir avec la mémoire. Pour surgir spontanément à ce point, il a fallu que ces noms soient imprimés en vous, et — pardon pour la curiosité — j'ai bien envie de savoir pourquoi. Mais je sais qu'il me faudra attendre. Il y a — vous vous en doutez — d'autres questions que je me pose. Et puis aussi, toutes celles que je ne connais pas encore. »

En post-scriptum, Odile me promit de chercher et de trouver (elle avait souligné le mot trouver) d'autres photographies du boulevard Saint-Martin.

La lettre que je fis en réponse à celle d'Odile fut plus brève. Sans revenir sur les noms d'enseignes — je ne savais pas, moi non plus, pourquoi je les avais si bien retenus — ni m'aventurer sur le terrain des questions à venir, j'avais mentalement souligné son « pardon pour la curiosité » car il me renvoyait au moment où, dans le film de Truffaut, Jim racontait à Jules les conseils que lui avait prodigués son professeur et que je recopiai pour elle comme je m'en souvenais.

« Que dois-je devenir ?

— Un curieux.

— Ce n'est pas un métier.

— Ce n'est pas encore un métier. Voyagez, écrivez, apprenez à vivre partout. L'avenir est au curieux de profession. »

Et j'avais proposé à Odile cette définition du métier de documentaliste : « Un documentaliste, c'est un curieux de profession. »

En revenant d'avoir déposé ma lettre dans la boîte du bureau de poste de la rue de Saintonge, je me suis arrêté longuement devant le Cirque d'Hiver. Ma décision fut rapidement prise. Il était temps, ne serait-ce qu'une fois, de passer moi aussi, par le toit du Cirque d'Hiver pour rentrer chez moi.

10

Oui, pour moi aussi il était temps de passer par le toit du Cirque d'Hiver pour rentrer chez moi. D'accomplir cet acte que j'avais mis de côté depuis cette neige de janvier vue de la lucarne du toit.

C'est au Cirque d'Hiver, en 1955, que s'est tourné le film *Trapèze*. Alors que chaque jour, pendant les mois qu'avait duré ce tournage, des centaines de personnes étaient massées pour apercevoir les vedettes, Alex, qui avait à peine neuf ans, s'était débrouillé pour pénétrer dans le cirque. Sur une affiche du Cirque d'Hiver que lui avait donné le clown Zavatta, il avait réussi à obtenir les signatures de Gina Lollobrigida, de Burt Lancaster, de Tony Curtis, et aussi celle de Carol Reed, le réalisateur. Après — il devait être rouge de plaisir —, et comme pour le remercier, il avait été revoir Zavatta afin de lui montrer le fruit de sa persévérance. Attendri, Zavatta avait également signé, écrivant : « Pour mon ami Alex », en soulignant le prénom[1].

L'affiche est toujours là, punaisée au-dessus de son lit.

Moi, retardant chaque fois le moment d'y pénétrer, je passais et repassais devant le cirque, les yeux levés vers la coupole. Espérant une conversation de comptoir, je consommais boisson sur boisson au Bar du Cirque, un café de la rue Amelot, m'attardant devant une photo des quatre frères Bouglione fixée au mur. Fréquentant plus volontiers, mais sans plus de succès, le petit café Entrée des artistes de la rue de Crussol, moins fourni en photographies, mais accolé à ce qui est en effet l'entrée des artistes du Cirque d'Hiver. Seuls quelques garçons de piste semblaient fréquenter ce lieu, ainsi qu'un trio parlant en espagnol, et qu'en raison de leur musculature je supposais trapézistes.

Chaque matin je me suis dit : c'est pour aujourd'hui.

Assis devant un crème, un journal grand ouvert devant moi afin de justifier une plus longue présence, je me demandais comment commencer, comment expliquer. Dire que j'habite la cité Crussol, que mon père il y a vingt ans rentrait clandestinement chez lui en passant par le toit du cirque

1. Alex (1897-1983) était aussi le nom du clown blanc, partenaire habituel d'Achille Zavatta.

et revenait par le même chemin ? Expliquer qu'il était juif et que ce trajet, c'était ce qu'il avait trouvé de plus discret pour ne pas se faire repérer ?

Et j'imaginai le dialogue :

« Ah bon ? Et alors ?

— Et alors voilà : j'aimerais faire la même chose.

— Mais pourquoi voulez-vous passer par le toit du cirque alors que vous pouvez rentrer normalement chez vous ?

— Parce que je voudrais savoir comment il a fait.

— Votre père ne vous a pas expliqué ?

— Ben non, justement. Un jour il n'est pas revenu. C'était en 1942, au mois de juillet. Il a dû être arrêté à ce moment-là. Il a été déporté et on ne l'a plus revu.

— Mais vous, vous étiez où ?

— On était cachés avec ma mère et ma grand-mère à Gentilly.

— Mais alors pourquoi il revenait votre père si vous habitiez ailleurs ?

— Parce que comme on est partis très vite il a fallu qu'il revienne pour prendre des papiers importants dont on avait besoin, des choses personnelles, et s'il est revenu plusieurs fois, je pense que c'est parce qu'il aurait été dangereux de prendre ce chemin les bras trop chargés.

— Et vous n'avez pas demandé comment il avait été arrêté ?

— À qui demander ? Non, on n'a jamais su. Je suppose que quelqu'un l'a aperçu sur le toit et qu'il a été dénoncé.

— Il a peut-être été arrêté parce qu'on l'avait pris pour un voleur.

— Pour un voleur ? Mais un voleur, on le met en prison, on ne le déporte pas. »

Je n'aurais pas aimé que la discussion prenne cette tournure. De plus, dans ces entretiens imaginaires, je m'embrouillais, ne parvenant pas à expliquer les raisons profondes qui m'amenaient vingt ans après à prendre le même chemin que mon père. Il aurait fallu pour cela que moi au moins je sache pourquoi. Je savais seulement que je devais le faire et c'était tout. Alors, comptant peut-être sur l'illumination de l'instant, j'ai laissé cette discussion en suspens.

Lorsque je fus reçu par un membre de la famille Bouglione, si les premiers mots furent à peu près ceux que j'avais imaginés, la suite n'eut évidemment rien à voir. Je m'étais dit : tout est dans les préliminaires, et, bien qu'empêtré dans je ne sais plus quelles précautions oratoires, l'accueil fut bienveillant.

Ce n'était pas un des quatre frères dont la photographie ornait le mur principal du Bar du Cirque. Il était plus jeune. Quelques années à peine nous séparaient.

Je n'ai pas su s'il avait compris les raisons de ma

démarche, mais il fut suffisamment attentif pour, s'engageant dans un long couloir circulaire, m'inviter à le suivre. De là me parvenait le son du galop d'un cheval dont la répétition régulière évoquait singulièrement le nom des propriétaires des lieux : Bouglione, Bouglione, Bouglione.

Peu après, dans la trouée offerte par deux rideaux de velours rouge largement ouverts devant laquelle on ne s'arrêta pas, un écuyer, debout sur deux chevaux galopant côte à côte autour de la piste, exécutait un numéro de voltige équestre. Dans une encoignure, un escalier en colimaçon à rampe de fer, dont des ampoules de service éclairaient faiblement l'étroitesse, permettait, par une petite porte, de monter sur le toit. Une serrure dont la clé manquait en interdisait l'accès. « Attendez-moi ici, m'a dit le jeune Bouglione, je descends chercher la clé. » En son absence, j'eus le loisir de lire les inscriptions gravées dans le mur : Gino. Olga. Un nom illisible, 14-9-1946. Kassovic 1953. Dédé 1942-1943. D'autres noms encore, parfois suivis de dates que je négligeai. Trop récentes. Bêtement, comme si mon père armé d'un canif avait pris le temps de s'attarder là, j'ai osé espérer y trouver la trace d'un Jacques, ou, plus absurdement, d'un : Yankel, 1942. C'était stupide. Pourquoi laisser des traces alors que précisément il ne fallait en laisser nulle part ?

« Des trapézistes, m'a dit Bouglione qui revenait avec la clé, c'est par là qu'ils passent pour leurs numéros. Alors, avec un nom et une date, ils laissent des souvenirs.

— On est à quelle hauteur ?

— Vingt-trois mètres. On domine les immeubles de la cité Crussol. On y va ?

— On y va. »

Une fois franchie la petite porte en bois, au seuil de ce que j'avais à accomplir, je ne vis que la longue lignée de toitures en zinc surplombant la cité Crussol. Je comptai les lucarnes. Une, deux, trois. C'était la troisième, la dernière. C'est là qu'il me fallait aller. Marcher jusqu'à la troisième lucarne, l'ouvrir, et, comme mon père l'avait fait, sauter sur le palier. Quelque chose, j'en étais persuadé, allait m'être restitué.

Je n'avais pas encore bougé de la première pente du toit où l'on venait de me conduire en me disant de faire attention, de ne pas glisser — j'éprouvai une sorte de paix à m'y attarder.

Sur ce chemin qui de l'escalier en colimaçon conduisait à la troisième lucarne, il me plaisait de croire que celui qui avait été mon père me prenait par la main, m'aidant à faire mes premiers pas. Comme s'il m'avait attendu et me disait : regarde, c'est par là, très exactement par là, que je suis passé.

Alors, comme si lui aussi avait eu besoin de ce moment et que pour la première fois il me lâchait la main, j'ai marché vers la troisième lucarne et je l'imaginais derrière moi, souriant sans doute, attentif et confiant, et tout me parut facile. Longeant les souches de cheminées, mes pas se sont confondus avec les siens, et cet acte qui, je venais de le comprendre, n'avait rien à voir avec la curiosité allait une fois pour toutes m'engager.

Plus tard, dans ce qui devait être l'écurie du cirque, où un employé repeignait consciencieusement les dorures des stalles, nous étions arrêtés sous Alexandre, Sampion, Joseph et Firmin, les quatre frères Bouglione, tels qu'ils étaient représentés sur une vaste affiche en couleur. Émilien, qui m'avait accompagné sur le toit, était le fils d'un de ceux-là.

Trois autres affiches signées Gustave Soury, qui rappelaient quelques grands programmes, étaient également fixées au mur. L'une d'elles, qu'un dessin particulièrement impressionnant illustrait, annonçait « le canon à double projectile humain unique au monde ».

« C'est moi qui ai doublé Tony Curtis dans *Trapèze*, m'a dit Émilien qui avait suivi mon regard, j'avais dix-sept ans. »

Comme moi, il avait fréquenté l'école communale de la rue Saint-Sébastien. « Mais l'école, c'était pas souvent. À cause des voyages. » Et puis nous avons encore parlé.

« Quel âge il avait, votre père ?

— Vingt-sept ans. Pourquoi ?

— Parce que j'ai pensé à quelque chose, mais non, ça colle pas. Ça s'est passé plus tard, en 44.

— Qu'est-ce qui s'est passé plus tard ?

— C'est parce qu'un jour, c'est mon père qui me l'a raconté, en plein spectacle deux soldats allemands se sont glissés au milieu des spectateurs, ils ont emmené un type — un résistant sûrement — et ils l'ont descendu sur place. Mais comme c'était en pleine parade, avec la musique de l'orchestre, il paraît que personne ne s'en est rendu compte. C'est pour ça que j'ai demandé l'âge de votre père, mais le type était plus âgé. Et puis vous m'avez dit que c'est en 1942 qu'il avait été arrêté, votre père. »

Après quoi, il m'a raconté qu'avec la complicité du gardien, des Juifs et des résistants avaient un moment trouvé refuge au cirque en se faisant engager comme garçons de piste.

« Et vous saviez que Pipo était juif ?

— Pipo ? Le clown Pipo ?

— Oui, il s'appelle Sosman, Pipo. Gustave Joseph Sosman. Il vient d'une grande famille d'acrobates et d'écuyers originaire de Belgique et de Hollande. Comme ma mère, qui était une Van Been. C'est pourquoi, même dans les milieux du cirque, personne à l'époque n'a pu imaginer qu'il était juif. Je crois qu'il était le seul à être inquiet parce que, pendant l'occupation, il a continué à faire rire les spectateurs. »

Il y avait certainement d'autres choses à dire qui m'auraient intéressé, mais plus, il ne savait pas. Et c'est presque à regret que j'ai quitté le cirque.

Une fois dehors, alors que le nez en l'air je regardais la coupole, je sus ce que je ferais arrivé chez moi : aidé de l'échelle du palier, j'ouvrirais la lucarne du toit et je regarderais le chemin qu'il y a un instant encore je venais de prendre, ce chemin que mon père avait emprunté il y avait maintenant vingt ans.

11

« Et moi, qu'est-ce que je suis dans cette histoire ? L'auteur ? Le compère ? Un passant ? Je suis vous ! Enfin, je suis n'importe lequel d'entre vous. Je suis l'incarnation de votre désir, de votre désir de tout connaître. Les hommes ne connaissent jamais qu'une partie de la réalité. Et pourquoi ? Parce qu'ils ne voient qu'un seul aspect des choses. Moi, je les vois tous : parce que je vois en rond. Cela me permet d'être partout à la fois. Partout ? Mais où sommes-nous ici ? Sur une scène. Dans un studio ?… Non, dans une rue. Nous sommes à Vienne. En 1900 ! Changeons de costume. 1900 : nous sommes dans le passé. J'adore le Passé. C'est tellement plus reposant que le Présent ! Et tellement plus sûr que l'Avenir !… »

Ainsi commence *La Ronde*, le film de Max Ophuls que je venais de voir au cinéma le Champollion.

Je me souviens qu'à Tarnos nous avions eu avec

Robert un véritable débat à propos de ce film. Pas moi, je ne l'avais pas vu. Mais les quelques-uns qui l'avaient vu, et pour qui le sujet selon eux se résumait dans le fait qu'une dame rencontre un monsieur et qu'après avoir fait l'amour le monsieur rencontre une autre dame qui rencontre un autre monsieur et ainsi de suite, ceux-là avaient été choqués. Robert avait tenté d'expliquer, mais sans parvenir à être tout à fait convaincant, que le sens de *La Ronde* était une sorte de méditation sur le thème du désir et de l'amour, et laissait, malgré les apparences, toute la place au sentiment.

Je n'avais aucune raison maintenant de me mettre dans la peau d'un garçon de quatorze ans pour chercher à savoir si j'aurais jugé ce film avec la même sévérité. D'autant plus que ce n'était pas le souvenir de cette discussion qui m'intéressait aujourd'hui, mais le début du film. Début dont personne alors n'avait parlé :

« J'adore le Passé. C'est tellement plus reposant que le Présent ! Et tellement plus sûr que l'Avenir ! »

Adorer le passé ? Quel passé ? Lorsqu'il est question d'amour, oui, on peut l'adorer. J'avais commencé à le comprendre en sortant de la projection de *Jules et Jim* lorsque ma mère, me donnant le bras, m'avait parlé du temps heureux vécu à Przytyk avec mon père et Leizer. Et bien sûr, Vienne aussi, 1900, la ronde de l'amour. Ce passé-là, oui. Mais celui d'après ? Le passé plus sûr que l'avenir ?

Alors qu'inconsciemment j'avais gardé à distance mon enfance, dans laquelle je me surprenais à revenir, ce passé, je n'avais pas envie de le revivre, même si je m'acharnais maintenant à essayer de le rendre actuel pour tenter de le comprendre.

À l'école, Alex, afin de répondre aux tracasseries de ses copains de classe, ne les menaçait jamais par : « Je le dirai à mon père ! » ni même par : « Je le dirai à mon grand frère ! » car, implicitement, c'eût été dire qu'il n'y avait pas de père à la maison. Et, ne voulant pas rentrer dans des explications, c'est seul qu'il réglait ses comptes. C'est ainsi que, le voyant revenir un jour avec un sérieux coquard, avant même de lui en demander la raison, je lui avais dit qu'il ne fallait jamais se laisser faire et rendre chaque coup.

« Je sais bien, avait répondu Alex, mais je lui avais rendu avant. »

« Alex est un enfant imprévisible », avait dit une maîtresse à ma mère lorsqu'il était en CM1. Mot que ma mère, plus déconcertée qu'inquiète, m'avait rapporté et qui renvoyait à la réflexion de Boubé décidant qu'Alex n'était pas un enfant comme les autres.

Comme il faisait ses devoirs sur la table de la salle à manger, nous avions accès à ses travaux scolaires. Et j'avais été intrigué un soir par l'étrangeté d'une de ses punitions. Il avait à recopier cent fois : « Vous n'aurez pas l'Alsace et la Lorraine, et malgré vous, nous resterons français. » Alex ne s'était pas fait prier pour raconter.

Il avait parié avec la classe qu'au cours de chant, pendant que ses camarades entonneraient en chœur : « Vous n'aurez pas l'Alsace et la Lorraine », il chanterait : « Vous n'aurez pas l'ersatz et la Lorraine », sans que la maîtresse de chant s'en rende compte. Ce qu'il n'avait pas prévu, c'est qu'à l'instigation de l'élève placé juste devant lui, au moment d'attaquer ces paroles patriotiques, plus de la moitié de la classe cesserait de chanter.

« Du coup, la maîtresse n'a eu aucun mal à entendre "l'ersatz et la Lorraine", a poursuivi Alex, et elle a tout de suite vu d'où ça venait. Elle a dit qu'il y avait des choses avec lesquelles on n'avait pas le droit de plaisanter et elle m'a donné la phrase à recopier cent fois. Forcément, comme c'était la maîtresse elle avait pas le choix, mais c'est Ridard le salaud. C'est lui qui avait dit aux autres de ne pas chanter.

— Tu lui as cassé la gueule à la sortie ?

— Ben non, parce que Ridard c'est un grand qui est en retard. À chaque fois qu'il monte de classe, il redouble. Alors tout le monde a peur de lui. Mais je me suis vengé autrement. Juste après la récré.

— Comment ça ?

— On avait un cours de géographie avec Monsieur Ramon, celui qu'on appelle Ramuntcho, et à un moment, Ramon a demandé à Ridard ce qui poussait comme plantes au fond de la mer. Et Ridard, bien sûr, il ne savait pas. Alors c'est là que j'ai eu l'idée. Comme en classe il est assis juste devant moi, je lui ai soufflé : des carottes ! Alors Ridard, il a quand même hésité parce qu'il devait trouver ça curieux que des carottes poussent au fond de la mer. Mais du coup les autres, qui m'avaient entendu, ont aussi commencé à souffler : des carottes ! des carottes ! Et Ramon, qui entendait aussi qu'il y en avait qui soufflaient, mais sans comprendre ce qu'on soufflait, a dit : "On ne souffle pas !" Et puis il a dit à Ridard : "Si tu n'avais pas les oreilles bouchées, Ridard, tu entendrais ce que tes camarades te soufflent". C'est ça qui l'a perdu Ridard, parce que ça lui a fait croire que c'était la bonne réponse. Alors il s'est redressé et triomphalement il a dit : "Des carottes !" T'aurais vu la tête de Ramuntcho. Nous on était morts ».

Les semaines se suivaient, ponctuées d'anecdotes. C'était parfois à l'école, parfois ailleurs. Un jour Alex revenait avec un coquard, un autre avec une punition à faire. Et puis on oubliait, et ces petits événements apparemment sans importance resurgissaient aujourd'hui. Cet avant instable, brouillé, dans lequel je m'étais retenu de plonger, qui petit à petit se réveillait, m'accompagnait maintenant.

Je marchais de plus en plus dans les rues, souvent les mêmes. Je montais à Belleville pensant à ce qui se réveillait en moi. Apprenant à avancer avec attention. Ne pas se contenter de recevoir ce qui se présente. Aller y voir. S'y engouffrer. Et, cherchant à savoir ce qui avait changé, je me suis souvenu de Robert poussant les portes cochères, pénétrant dans les cours, cherchant à savoir, lui, ce qui n'avait pas changé.

Et puis j'allais de plus en plus au cinéma. Au Champollion, où j'avais vu *La Ronde*. C'est en voyant coup sur coup *Chantons sous la pluie* puis *Les Girls*, *Les Girls* surtout, que j'ai pensé à la sœur de Leizer qui, bien avant la guerre, était allée en Amérique dans l'espoir de devenir danseuse de music-hall, et à Leizer, qui ne l'avait pas vue depuis vingt ans, et avait pris l'avion pour la revoir. Alors, bien sûr, j'ai repensé à Alex, parce que l'un après l'autre nous avions appris à vivre sans père.

Ce qui était resté obscur, et à quoi je pensais depuis que spontanément j'avais récité les noms des commerçants du boulevard Saint-Martin et le rapprochement que j'en faisais avec l'importance que j'accordais de plus en plus aux aventures d'Alex, c'est l'accident d'avion dont Leizer avait été victime.

Je n'en savais pas grand-chose, sinon que ça s'était passé en octobre 1949.

Ce désir d'en savoir davantage, c'est la Bibliothèque nationale qui l'a exaucé. Et c'est aidé d'Odile que j'y suis allé.

« Les journaux, avait-elle dit, nous apprennent aussi ce dont on ne se souvient pas. Ils sont là pour attendre qu'on les lise. »

Il suffisait d'aller y voir pour savoir. C'est ainsi que je me suis retrouvé dans la salle des journaux et périodiques, dite « Salle ovale », de la rue de Richelieu, face à la masse des huit éditions quotidiennes de *France-Soir*, le seul quotidien français, disait sa publicité, vendant plus d'un million d'exemplaires.

Pas habitué à consulter les journaux apportant des nouvelles écrites en principe pour être lues le jour même de leur parution, j'avais décidé de feuilleter toutes ces éditions successives sans hâte, presque avec lenteur, avec pour seule méthode le passage d'une page à l'autre. Bientôt, je m'aperçus que m'arrêtait aussi ce qui n'avait rien à voir avec l'objet de ma recherche. Comme si je reculais le moment de trouver, sachant que de toute façon ce serait là, bientôt, à la page des faits divers.

Ainsi, dans ce qui se trouvait devant moi et qui commençait par le journal daté du samedi 1er octobre 1949, passant, pour cette fois seulement, directement à la page cinéma — les journaux du soir portant toujours la date du lendemain —, je me suis arrêté sur l'annonce de deux films dont je n'avais jamais entendu parler. Le premier : *Retour à la vie*, avec Bernard Blier,

Louis Jouvet, Serge Reggiani, François Périer et Noël-Noël, avec cette note publicitaire : « Le film qui est applaudi à chaque séance. » L'autre, *Anges marqués* de Fred Zinnemann, avec Montgomery Clift, qui venait de remporter deux Oscars à Hollywood, et dont le sujet était ainsi titré : « Échappé de l'enfer, un enfant demande à un soldat américain ce que c'est qu'une maman », figurait curieusement dans une rubrique intitulée : « En ¼ d'heure vous saurez tout sur ». Vous saurez tout sur quoi en ¼ d'heure ? Sur le nazisme ? Sur Auschwitz ? En ¼ d'heure ?

Ce qui m'étonnait, c'est que cet article ait pu être placé dans une telle rubrique dans une période où le temps était encore formulé en « après-guerre » et en « avant-guerre ». Pour preuve cette publicité parue dans le même journal : « "Comme avant-guerre" vous pouvez acquérir une machine à coudre au Bon Marché. »

Dimanche 2 et lundi 3 octobre :

— Baisse sur le beurre mais pas sur le pain et la viande.

— 4 200 000 élèves sont rentrés ce matin dans les écoles primaires.

Mercredi 5 octobre :

— Tito à ses officiers : « "L'URSS menace de nous faire la guerre, mais l'armée yougoslave se battra jusqu'au bout." »

— Après la Russie, la Bulgarie, la Hongrie, la

Pologne et la Roumanie, la Tchécoslovaquie rompt son traité d'amitié avec la Yougoslavie.

Comme je ne cherchais pas à prendre du champ avec ce qu'au tournant d'une page je découvrais, je me surprenais à être distrait d'abord, puis à me sentir concerné par tel ou tel événement. Aussi, lorsqu'en date du 7 octobre je lus : « "Nous faisons nôtre l'essentiel du nazisme", affirme le DRP, parti allemand de droite », je regrettai de ne pas être venu avec de quoi écrire afin de noter ce qui méritait de l'être. Ce que je fis le lendemain, en venant dès le matin, muni de papier et de crayons soigneusement taillés.

Une fois assis, je reconnu quelques visages de la veille déjà penchés sur ce qui, un jour, valut la peine d'être imprimé. Lecteurs réguliers aux déplacements et gestes sûrs, ils me rappelaient que je débutais ici.

Tournant les pages avec application, je repris mes journaux au samedi 8 octobre, là où je m'étais arrêté.

— Sur le pont du Carrousel, en pleine nuit, René fait stopper le taxi, se jette dans la Seine et se noie sous les yeux de la femme qui venait de lui refuser sa main.

Le lendemain, sur ce fait divers, il n'y avait rien dans le journal. Des fois, on aimerait en savoir plus. Comment ils s'étaient rencontrés. Leur profession. À quoi avait-elle pensé, cette femme, après avoir crié : « Ne fais pas ça ! » pendant que l'homme qui l'aimait disparaissait dans les eaux de la Seine ? Que va-t-elle devenir ? « C'est du quotidien », disait Monsieur Victor lorsqu'il repliait son *France-Soir*.

Toujours le samedi 8 octobre :

— Vague d'arrestations en Tchécoslovaquie. Près de 6 000 « opposants » raflés pendant les trois derniers jours.

— Ruée vers l'Ouest : 20 000 Allemands franchissent le rideau de fer.

— Sortie de *Riz amer* avec Silvana Mangano.

— Catch au Cirque d'Hiver.

Dimanche 9 et lundi 10 octobre :

— Dans la rubrique : « En ¼ d'heure vous saurez tout sur — : les élections en Autriche : 430 000 néonazis autrichiens amnistiés (sur 536 000) votent demain pour la première fois.

Mardi 11 octobre :

— Autriche : les néonazis obtiennent 10 % des sièges. La ville natale de Hitler a voté à droite.

— Tchécoslovaquie : le programme d'épuration comprendrait 50 000 arrestations.

— *Le Voleur de bicyclette* désigné comme le chef-d'œuvre de l'année 1949, troisième mois de triomphe au Biarritz et au Madeleine.

Mercredi 12 octobre :

— Jules Moch décidé à former le nouveau gouvernement.

Jeudi 13 octobre :

— Rajk (ancien ministre des Affaires étrangères

de Hongrie) jugé en cassation. Les accusés sont absents du procès ainsi que le veut la loi.

Vendredi 14 octobre : — rien de particulièrement notable.

Samedi 15 octobre :

— Jules Moch investi par 311 voix (majorité constitutionnelle : 310 voix).

Dimanche 16 et lundi 17 octobre…

Et puis non ! Je ne dois pas être fait pour noter tout ce que me dit le journal. Puisque ça ne dépendait que de moi, puisque je n'avais de compte à rendre à personne, pourquoi m'obstiner, m'arrêter sur ce qui fut précieux pour d'autres certainement, important pour beaucoup. Que m'apprenaient ces informations ? Ces événements, ces faits imprimés, ne pouvaient rien pour moi. Pourquoi les tirer de l'oubli puisque je ne savais pas qu'en faire ? Même réunis, ils ne formaient pas un souvenir.

Bien sûr, oui, projeté en plein cœur de ce mois d'octobre, j'avais appris que la France n'avait pas de gouvernement depuis un mois. Jules Moch avait renoncé. Comme Queuille quelques jours avant. Comme René Mayer quelques jours après, investi pourtant par 341 voix contre 183. Comme Georges Bidault plus tard encore. J'avais appris aussi le scandale de la pendaison de Laszlo Rajk, 48 heures après sa condamnation à mort. Et, tout aussi abject, la libération par les Américains d'Ilse Koch, appelée « la chienne de Buchenwald ». Une photo la montrait souriante à sa sortie de prison.

À la page spectacles, on annonçait la sortie de *Jeanne d'Arc* avec Ingrid Bergman, et celle du *Troisième Homme* avec Orson Welles, Grand Prix du festival de Cannes, et le deuxième mois de triomphal succès de *Retour à la vie*. Mais j'étais venu là pour autre chose.

Alors, craignant qu'ils ne se lassent et ne perdent l'entêtement du premier jour, j'ai laissé mes yeux glisser d'un fait divers à l'autre. Avec impatience.

Et ce fut là. Dans une édition spéciale de *France-Soir* datée du samedi 29 octobre 1949. En première page. Sur huit colonnes.

> « L'AVION DE CERDAN (Paris-New York) TOMBE AUX AÇORES AVEC 48 PERSONNES
> *Il y aurait des survivants. Dernières minutes : à 13 h 20 le message radio suivant était transmis des Açores à Air France : "Avion F.B.A. — Z.N. retrouvé Pic Algarvia (Les Açores) situé Nord Est São Miguel — Stop — Avion de recherches dit qu'il y aurait des survivants — Stop — Se rend sur place".* »

C'était donc dans l'avion de Cerdan que se trouvait Leizer ?

Dans l'édition suivante de *France-Soir* à la fin de l'article qui couvrait pratiquement toute la première page, un encadré de dernière minute donnait le message suivant : « *Avion retrouvé carbonisé — Stop — Il n'y aurait pas de survivants.* » Et tout en bas : « *En page 5, la liste des passagers.* »

Oui, ils étaient bien là, en page 5, et remettant à plus tard la lecture de l'article, j'ai cherché à rencontrer le nom de Leizer parmi les quarante-huit noms alignés les uns sous les autres, suivis de leur date de naissance, de leur nationalité et de leur profession.

John Abbati, né en 1895, américain, sans profession.

Mustapha Abdoumi, né en 1923, cultivateur au Liban.

Hanna Abboud, née en 1928, sans profession, syrienne.

Eghline Askkan-Ebrahimi, né en 1915, sans profession, Téhéran.

Joseph Aharony, israélien, avocat, né en 1904.

Jean-Pierre Aduriz, né en 1926, cultivateur français, à Aldudes (Basses-Pyrénées).

Ce n'est qu'en arrivant au nom de Marcel Cerdan (Marcel Cerdan, né en 1916, boxeur, Casablanca) que je compris que cette liste de noms avait été établie par ordre alphabétique. Il fallait, pour trouver le nom de Leizer, que je file tout en bas, à la ligne ultime, la dernière :

Lazare Zygelman, né en 1915, nationalité indéterminée, tailleur, 7, rue Oberkampf, Paris.

Comment n'ai-je pas su que Leizer était dans l'avion de Cerdan ? Pourquoi ? À neuf ans, je devais déjà savoir qui était Cerdan. Et à l'école, l'accident était certainement au centre des conversations. Je sais que pendant quelques jours ma mère m'avait fait manquer l'école. Était-ce pour me protéger qu'elle avait fait ce choix ? En avait-elle dit deux mots à la maîtresse, craignant que les enfants ne parlent que de la mort de Cerdan ? À la maison, comme il se doit après un décès, la radio devait être éteinte, et les journaux soigneusement cachés. Et pour que je ne me souvienne que de la mort de Leizer, il ne devait pas rester grand-chose de cet événement à l'école lorsque, après les vacances de la Toussaint, j'y suis retourné.

Il m'a donc fallu treize ans pour découvrir le nom de Leizer dans le journal. Alors, comme je ne pouvais pas quitter la Bibliothèque nationale et le laisser là, et peut-être parce que j'avais été dépossédé de tout ce que je venais d'apprendre, j'ai presque tout recopié.

C'était vrai : les journaux étaient là aussi pour nous apprendre ce dont on ne se souvient pas. Mais après ? Parce qu'on le recopie, ressuscite-t-on un événement ? Tout au plus, en l'arrachant au temps qui passe, on évite de le perdre tout à fait. Mais pour en faire quoi ? Que faire de ces rencontres et de ce savoir tout neuf ?

Je venais de passer deux journées à chercher dans les journaux la trace de l'accident d'avion qui avait causé la mort de Leizer. Il n'était pas quelque part au fond de l'océan comme ma mère me l'avait dit à la sortie du cinéma. Il était mort carbonisé. C'était écrit dans l'édition datée du dimanche 30 et lundi 31 octobre. Ma mère ne pouvait pas ne pas le savoir. Ni l'oublier. Comme si elle n'avait jamais pu accepter que lui aussi soit mort carbonisé. Je me souvenais bien de ses paroles : « Leizer c'était pareil. Je lui avais dit de prendre le bateau, que c'était plus sûr, mais il n'a rien voulu entendre. Il disait que comme ça, il reviendrait plus vite. Alors il a pris un billet d'avion et il n'a même pas pu arriver en Amérique où sa sœur l'attendait. »

En dehors de ce soir-là, ma mère ne parlait jamais de la tante Esther. Et du coup, Alex non plus. Alors que c'était sa tante. Cette tante que j'imaginais, adolescente, arrivant à Broadway, apprenant à faire des claquettes et passant des auditions. Cette tante que j'imaginais aujourd'hui, vivant seule à New York, n'ayant pour toute famille qu'un neveu à Paris dont elle n'osait peut-être pas prendre de nouvelles, je ne lui en voulais pas d'avoir certainement influencé Leizer pour qu'il prenne l'avion.

Contrairement à ma mère, qui, je crois, ne pouvait s'empêcher de lui en vouloir encore.

Alors j'ai écrit une longue lettre à Esther Zygelman. La réponse, longue elle aussi, ne se fit pas attendre.

12

Cher Bernard,

J'ai devant moi tout un paquet de feuilles de papier à lettres et ma main qui tient le stylo que je viens de remplir d'encre tremblait déjà avant que je n'écrive le premier mot. Elle tremble comme le jour où j'ai ouvert l'enveloppe qui contenait ta lettre. Ta lettre qui ne me quitte plus depuis que je l'ai reçue.

Longtemps j'ai attendu une lettre de Paris. Alors bien sûr, tu dois te demander pourquoi, moi, de mon côté, je n'ai pas écrit non plus. Je l'ai fait au début. Pour Roch Hachana. Trois années de suite. Mais je n'ai jamais reçu de réponse. Il est vrai que ce n'étaient pas vraiment des lettres. C'était juste une signature sous un texte tout imprimé au dos d'une carte postale. Mais plus, je n'osais pas. Je savais que Hannah, ta mère, m'en voulait d'avoir fait prendre l'avion à Leizer. Alors j'ai arrêté d'écrire et j'ai pleuré parce que je n'avais plus de famille. Et comme la vie est curieusement faite, c'est parce que je viens d'en retrouver une que je pleure aujourd'hui. Et pour tout te dire, tout à côté du papier à lettres sur lequel je t'écris, j'ai aussi posé un mouchoir tout prêt à servir.

Maintenant, puisque tu m'as posé plein de questions, je vais pouvoir reprendre l'histoire par le commencement.

Je suis née en 1916. Un an après Leizer. Et déjà toute petite, s'il n'avait pas été mon frère, c'est avec lui que j'aurais voulu me marier tellement l'admiration que j'avais pour lui était grande. Est-ce pour ça que je ne me suis pas mariée ? Non, je ne crois pas, mais je te raconterai ça un peu plus loin.

En 1929, un frère de ma mère est arrivé d'Amérique. Il se prénommait Max, mais lorsqu'on parlait de lui, parce qu'on savait qu'il était devenu riche, on l'appelait toujours « l'oncle d'Amérique ». Alors bien sûr, après la distribution des cadeaux, et après la tournée des voisins, on lui a posé plein de questions. Surtout Leizer et moi.

C'est en 1918, juste après la première guerre, qu'il était parti et aussitôt accueilli par un cousin qui, à New York, tenait une crémerie et qui, avant toute chose et dès son arrivée, l'a emmené sur le toit de son immeuble. Là, ce cousin a ouvert la valise de mon oncle et l'a vidée de son contenu d'une hauteur de huit étages. Et pendant que les chemises amenées de Pologne volaient au-dessus des rues de New York, il lui a dit : « Maintenant on va t'acheter un costume tout neuf et tu seras comme un vrai Américain. » Après quoi, il l'a associé à son affaire qu'ils ont appelée « The New York Butter-and-Eggs-Store » avec, pour slogan : « Ici nous servons avec le sourire », et c'est comme ça qu'ils sont devenus riches.

Mais Max, cet oncle, avait une passion : les salles de danse et les cabarets de Broadway, dont il nous parlait avec bien plus d'enthousiasme que de son affaire de beurre et œufs. De ses malles il a sorti une paire de chaussures spéciales et sur le parquet de la salle à manger il a fait un numéro de claquettes. J'étais éblouie. Grâce à lui, quinze jours après, c'est moi qui, sur la table de la salle à manger, exécutais un numéro de claquettes.

« Golda, a dit mon oncle à ma mère, ta fille est une future grande danseuse », mais c'est lorsqu'il a ajouté : « Il faut qu'elle vienne avec moi en Amérique », que ma mère a failli s'évanouir.

Pendant plusieurs jours il ne fut question que de ça. Mon père, on le voyait, était rongé, mais, réfugié dans son travail, il ne disait rien. Ma mère, qui convenait que j'étais douée pour la danse — quelle mère n'en aurait pas convenu —, ne voyait pas pourquoi je ne ferais pas une carrière de danseuse en Pologne. « Parce que pour être payée en faisant la danseuse, l'Amérique c'est un meilleur endroit, disait mon oncle. Le mot “dollar” sonne tout de même mieux que le mot “zloty”. Qui connaît encore les zlotys une fois passé la frontière ? » De ça aussi ma mère en convenait, même si elle me trouvait un peu trop jeune. Non pas pour gagner ma vie, mais pour quitter la famille, même si autour de nous déjà beaucoup de familles avaient été séparées par l'océan.

Mais Max, mon oncle, était tenace. Il disait que contrairement à la Pologne, un Juif, s'il était doué, avait à New York son avenir tout tracé. Et il citait Irving Berlin qui avait commencé comme serveur chantant et que tout Broadway maintenant s'arrachait, et Gershwin, et Fanny Brice, et Al Jolson et beaucoup d'autres dont ni ma mère ni aucun autre membre de la famille n'avaient jamais entendu parler, et il s'était mis à chanter « Swanee, How I love you, How I love you, my dear old Swanee » avec son accent yiddish qui ne l'avait jamais quitté. Et c'est lorsque ma mère n'eut plus que ses larmes à opposer comme arguments qu'elle finit par se laisser convaincre.

Quelques semaines après, du pont d'un paquebot de la Red Star Line, j'apercevais la Statue de la Liberté.

De peur que les larmes, à cause de l'évocation, ne commencent à couler, je voulais laisser de côté l'histoire de mon départ, mais c'est trop tard. Parce que, comme au cours de la traversée, je revois le visage de ma mère pleurant sur le quai de la gare, et je pensais à la chanson *A brivele der mamen*. Tu sais : « Mayn kind, mayn treyst, du forst avek[1]. »

1. « Mon enfant, mon réconfort, tu t'en vas.

Elle avait peur de ne plus me revoir. Hitler lui a donné raison. Et pour résumer l'histoire, maintenant c'est moi qui pleure.

Dès mon arrivée à New York, oncle Max m'a fait prendre des cours d'anglais, puis des cours de danse et de chant.

Et puis un jour il m'a dit : « Esther, il faut qu'on te trouve un endroit où on a besoin de toi et où tu pourras rencontrer toutes sortes de gens. » C'est comme ça qu'à presque quinze ans j'ai atterri chez Katz, un delicatessen du Lower East Side.

Lorsque je me suis souvenu qu'Irving Berlin avait été aussi à quinze ans serveur chantant et que j'ai appris qu'il était né en 1888, l'année de l'ouverture du restaurant Katz, j'y ai vu comme un signe du destin.

Il avait prouvé qu'un immigrant venu de Sibérie, fils d'un chantre de synagogue, tout comme le père d'Al Jolson, pouvait être l'auteur de *God Bless America* et le faire chanter par des millions d'Américains. Aussi, c'est avec le sourire et quelques pas de claquettes que j'ai servi aux habitués de chez Katz des plateaux de Keiss Kichen, qu'ici on appelle Cheesecake. C'est vrai qu'on y rencontrait toutes sortes de gens. Des gens de l'industrie du vêtement et des gens du théâtre yiddish au milieu desquels je circulais avec des bols de bouillon agrémentés de kneidlech. Il fallait seulement veiller à ce que les hommes, et pas seulement les célibataires, gardent bien leurs mains dans leurs poches.

Cependant chez Katz, on ne restait pas serveuse très longtemps. C'était pour les jeunes filles un lieu de passage en attendant de trouver autre chose. Un mari en général. Parce qu'à la fin des temps, il est tout de même bon d'avoir un homme à soi qui sache dire des mots gentils. Et si cet homme est riche, c'est encore mieux. Devant un verre de thé le mari espéré en discutait avec les mères à qui il ne fallait pas raconter d'histoires et il arrivait que l'échange de paroles se termine par un mariage suivi quelquefois par l'obtention d'une pension alimentaire.

Moi je voulais faire mon lit autrement, et c'est au théâtre yiddish de l'Irving Place Theatre, dirigé par Maurice Schwartz, que j'ai trouvé du travail. Maurice Schwartz cherchait des danseurs parlant le yiddish car il avait pour projet de monter une comédie musicale d'Abraham Goldfaden pour la jouer en tournée à travers les États-Unis. La tournée a duré plusieurs mois. Maintenant si tu veux savoir ce qu'était à cette époque la tournée d'une troupe de comédiens jouant chaque soir ou presque dans une ville différente, lis la biographie de Harpo Marx qui a été publiée ici l'an passé sous le titre de *Harpo speaks !*. Non seulement on ne peut mieux dire, mais si, même maintenant que j'ai quitté la scène, j'en relis régulièrement de longs passages, c'est que j'en apprends autant sur la vie que sur le théâtre.

Mon idée, c'est que le théâtre est la représentation de la vie et que la vie a deux côtés : le bon et le mauvais. Et si on veut faire affaire avec elle, c'est vers le bon côté qu'il faut regarder. Mais sans jamais oublier que le mauvais n'est jamais bien loin.

C'est en regardant du bon côté que j'ai découvert l'existence des Marx Brothers. Oncle Max m'avait emmenée voir *Animal Crackers* au cinéma, mais je n'étais pas depuis assez longtemps en Amérique pour comprendre tous les dialogues. C'est pourquoi, probablement, mon attention s'est aussitôt portée sur celui des frères qui ne prononçait jamais une parole : Harpo Marx. Je comprenais bien mieux l'américain lorsque, un an après, *Monkey Business* sortit sur les écrans. Là encore, je n'ai vu qu'un acteur qui avait plus de deux fois mon âge et qui, même lorsqu'il traversait l'écran en poursuivant une blonde, avait gardé son âme d'enfant. Ce jour-là j'ai senti, ce qui ne m'était encore jamais arrivé, que mes yeux et mon cœur lui seraient à jamais ouverts.

Ils étaient toujours ouverts lorsque dix ans après — 1941 — je fus une des danseuses choisies pour figurer dans une longue séquence musicale du film *The Big Store* que produisait la Metro-Goldwyn-Mayer avec les Marx Brothers pour vedettes. Mais Harpo, aussi adorable dans le travail qu'à l'écran, marié avec l'actrice Susan Fleming, ne courait plus après les blondes.

Lorsque après l'attaque des Japonais sur Pearl

Harbour, les États-Unis entrèrent en guerre, Harpo voulut aussitôt s'engager. Mais jugé trop âgé pour porter l'uniforme, c'est en tant qu'acteur qu'il décida de combattre. J'eus, cette fois encore, la chance d'être une des quinze *Chorus Girls* qu'il avait choisies pour former une troupe, et pendant quatre ans, dans les camps militaires, les bases navales, les hôpitaux, nous avons donné des représentations pour le moral et la plus grande joie de nos combattants.

Mais je dois revenir un peu en arrière, au moment de mon arrivée à New York. C'est là que mon oncle me fit découvrir tout ce qui comptait à Broadway et qu'il jugeait indispensable pour mon éducation artistique. C'est ainsi que j'ai assisté aux représentations données par ceux dont il avait cité le nom lorsqu'il était venu nous voir à Przytyk. Al Jolson, Fanny Brice, Ethel Merman, Sophie Tucker. Je me souviens, comme si c'était hier, du premier spectacle qu'il m'a emmenée voir. C'était *Girl Crazy* de Gershwin à l'Alvin Theatre avec Ethel Merman et Ginger Rogers.

Je me souviens aussi de toutes ces premières années lorsque le soir, avec mon oncle, nous marchions dans Broadway où, en lettres géantes et lumineuses, se succédaient les noms des rois et reines des spectacles new-yorkais et que, les yeux brillants, je m'imaginais sur scène, saluant, face aux applaudissements du public.

Mon nom ne s'est jamais inscrit en lettres lumineuses sur les façades des théâtres. Bien sûr, j'avais espéré, comme les milliers de filles qui déjà du temps de Ziegfeld cherchaient du travail à Broadway, jouer un jour un grand rôle, le premier, avant de jouer le dernier : celui que l'on joue couché six pieds sous terre, les yeux définitivement fermés, avec les vers comme seuls partenaires. Pourtant, d'audition en audition, avec du travail et de l'obstination, et aussi, je pense, avec du talent, je suis devenue, selon la formule consacrée, « une des filles que les hommes aiment regarder ».

Alors comme les autres, j'ai reçu des cadeaux. Des chocolats d'abord, puis des broches, des bracelets, des colliers. Des bouquets de fleurs m'attendaient régulièrement dans ma loge offerts par des hommes qui après avoir enlevé leur alliance m'invitaient à dîner. Et peut-être est-ce les cadeaux que venaient m'offrir les hommes qui ont fait que je n'ai jamais pensé à chercher un mari. Est-ce qu'une épouse dévouée reçoit autant de cadeaux ? Lorsque le mari est au travail et les enfants à l'école, lorsqu'elle a passé le chiffon partout, avec qui peut-elle avoir une conversation ? Avec les murs ?

Et puis, danser pour un public, j'ai toujours aimé ça. Même si on se pose des questions sur le métier de danseuse lorsqu'on voit des hommes nous regarder avec des jumelles alors qu'ils sont placés au premier rang. Parce que si c'est juste pour se consacrer à l'étude de nos grains de beauté, je trouve que les places des fauteuils d'orchestre sont un peu chères.

Et puis, arrive le jour où, après s'être démaquillée, on se regarde longuement dans la glace — tu as dû voir cette scène dix fois au cinéma — et puis on regarde autour de soi et on voit ce qu'on a refusé de voir depuis quelque temps : les fleurs, dont la présence dans la loge était si rassurante, ne sont plus là pour nous accueillir. Je me suis dit alors qu'il était temps de faire d'autres projets. Aussi, n'ayant pas de pension alimentaire, après une dernière saison passée au Radio City Music Hall à danser sur des airs de Cole Porter, j'ai vendu sans regret tous mes bijoux pour m'offrir la gérance d'une boutique de fleurs. Elle n'est pas très éloignée du Radio City Music Hall mais la distance qui me sépare de sa scène me paraît bien plus raisonnable.

On ne peut pas dire que faire des bouquets de fleurs soit aussi réjouissant que de les recevoir, mais j'accueille maintenant la lumière du jour et je peux chanter *Good Morning* à l'heure où il convient de le faire. Et surtout, même s'il n'y a rien de particulièrement palpitant à arroser des fleurs, je les arrose avec bien moins d'angoisse que lorsque j'étais convoquée pour passer une audition.

Voilà toute l'histoire. Du moins ce qu'une lettre peut en contenir. Plus, ça serait un roman, un de ces romans dans lesquels on dit tout ce qu'on sait.

Et comme on dit en yiddish : « Il vaut mieux savoir ce que l'on dit que dire tout ce que l'on sait. »

Maintenant que j'ai retrouvé une famille, j'espère ne plus attendre aussi longtemps pour recevoir une autre lettre de toi. Bien que, depuis que j'ai entendu Arthur Sheekman dire qu'il a surpris un jour Harpo Marx en train de répondre à une lettre reçue cinq ans plus tôt, je sais qu'il peut y avoir aussi de l'innocence dans le fait de ne pas écrire. As-tu une photo de toi ? D'Alex ? J'aimerais tellement savoir quel garçon il est devenu. Et j'aimerais tellement le serrer dans mes bras.

Je vous embrasse tous les trois.

TANTE ESTHER

P.-S. Ainsi que tu me l'as demandé, tu trouveras une photo de moi dans cette enveloppe. Comme tu le vois, elle n'est pas récente. Elle est même ancienne, je devais avoir dix-huit ans. C'est une de celles que j'ai longtemps envoyées aux directeurs de théâtres. Si je t'en avais envoyé une de moi au milieu de mes fleurs, tu te serais demandé comment en tant que Chorus Girl j'ai pu remonter le moral de nos troupes pendant les années de guerre.

13

Qu'elle était belle avec sa jupe fendue notre tante Esther à dix-huit ans !

Sa photo est maintenant punaisée au-dessus du lit d'Alex. Juste à côté de l'affiche donnée par Zavatta. Elle lui revenait de droit.

Il ne tenait plus en place lorsqu'il apprit que sa tante avait joué dans un film avec Harpo Marx. Il ne cessait de tourner en rond, comme s'il était pris de coliques ou souffrait d'une rage de dents.

Le virus marxien, il l'avait déjà attrapé tout petit lorsqu'il vit *The Big Store* au cinéma, et il n'en était pas guéri. *The Big Store* qui était précisément le film où Esther, sa tante, la sœur de son père, avait tourné. Et en plus, des frères Marx, comme lui, c'est Harpo qu'elle préférait. Il était à deux doigts de me reprocher d'avoir si longtemps négligé de lui écrire, et parce qu'il voulait en savoir plus, il exigeait presque que je lui réponde aussitôt. Malheureux tout à coup de ne pas avoir assez travaillé son anglais au lycée afin de pouvoir lui écrire lui-même

— il était en classe de troisième —, il était prêt à faire n'importe quoi, comme s'inscrire à l'école Berlitz pour des cours de rattrapage. Il aurait pris l'avion tout de suite pour aller voir sa tante à New York, mais il garda pour lui ce désir, attendant un moment plus opportun pour en parler.

J'ai trouvé sans mal des photos d'Alex et de moi. Des photos récentes. Et, comme je ne savais pas ce qu'elle avait comme photos de Leizer, pensant que ça lui ferait plaisir, j'ai fait reproduire aussi celle où il est avec mon père, assis dans l'herbe.

Le temps de recevoir ces nouveaux tirages, j'ai eu tout le loisir de réfléchir à ce à quoi, manifestement, Esther tenait le plus : lui parler d'Alex.

Lui parler de leur amour commun pour Harpo allait de soi, et Alex m'avait déjà chargé de ne surtout pas oublier de le lui écrire. Et puis, j'ai pensé à ce qu'on appelait dans la famille, « l'histoire de la grenouille ».

C'était encore du vivant de Boubé. Maman, en rentrant du travail, était arrivée en pleine dispute. « Boubé est antisémite avec les grenouilles ! » criait Alex. Avant toute chose, maman lui avait expliqué qu'on ne pouvait être antisémite qu'avec les Juifs. N'ayant, jusque-là, entendu ce mot que dans la bouche de Boubé, Alex avait cru qu'il désignait indifféremment ceux qui n'aimaient pas les autres. Humain ou animal. Et comme il tenait dans le creux de ses mains fermées en coquille quelque chose de visiblement précieux, maman demanda à voir. « C'est un bébé grenouille, a dit Alex, elle était dans la salade et Boubé voulait la jeter dans la poubelle. » Il avait entendu Boubé pousser un cri alors qu'il faisait ses devoirs dans la salle à manger et il était accouru juste pour la voir tenter de s'en débarrasser d'un air dégoûté.

Arrivant au moment où Alex racontait comment il avait sauvé la grenouille d'une mort certaine, je lui ai conseillé, s'il voulait la maintenir en vie, de la mettre dans un bocal. Pendant que Boubé haussait les épaules, maman a sorti du placard un saladier en verre dans lequel j'ai mis un peu d'eau. « Je lui donne ma part », a dit Alex lorsqu'il m'a vu ajouter deux feuilles de salade. Après quoi, très délicatement, sur une des feuilles, il a déposé sa grenouille qui en effet mesurait à peine trois centimètres.

Pendant le dîner, Alex n'avait pas quitté des yeux le saladier posé sur le buffet. Il était à la fois heureux — la grenouille avait trouvé un lieu de vie — et soucieux — « elle doit chercher sa maman partout ». « Sa maman aussi doit la chercher partout, a dit maman attendrie, le mieux, je crois, ça serait de la remettre dans son milieu naturel. » Et elle avait judicieusement proposé de l'emmener dès le lendemain au Jardin des Plantes. C'est ainsi que le lendemain matin — c'était un dimanche — nous nous sommes retrouvés maman et moi, et Alex deux pas devant nous tenant entre ses mains le saladier sur lequel nous avions fixé un papier percé de trous permettant à la grenouille de respirer, arpentant les allées du Jardin des Plantes à la recherche d'un gardien. Il y avait effectivement, nous dit l'un d'eux, près de l'entrée de la ménagerie, un espace composé de plusieurs bassins marécageux dans lesquels Alex eut bientôt la joie de voir s'ébattre quelques autres batraciens. Il aimait les voir se tenant longtemps immobiles et disparaître brusquement sous les lentilles d'eau. Il y avait dans leurs déplacements quelque chose d'imprévisible qui le fascinait.

Le gardien qui nous avait renseignés nous avait assuré que nous trouverions à coup sûr près des bassins des spécialistes tout disposés à nous aider. Ils étaient deux, à casquette, qui devisaient. L'un d'eux, attiré par le saladier, suspectant peut-être quelque enlèvement, s'était approché.

« C'est un bébé grenouille, dit aussitôt Alex, retirant le papier percé.

— Non, ce n'est plus un bébé, a dit l'homme avec bienveillance, elle est presque adulte. Tu vois, elle n'a plus sa queue. Elle va grandir encore tout au plus d'un ou deux centimètres. Tu veux en faire quoi ?

— On veut la remettre dans son milieu naturel, a répondu Alex, reprenant l'expression de maman.

— C'est très bien. Viens, tu vas la mettre toi-même dans un bassin où il y a d'autres grenouilles vertes comme elle. »

C'est ce qu'il fit, convaincu par le savoir de cet homme qu'une vie commune avec ses congénères serait moins monotone pour sa grenouille que dans un saladier sans avenir.

Et ce n'est qu'après avoir appris qu'une grenouille pouvait effectuer des bonds de plus de vingt fois sa taille, vivre en moyenne une dizaine d'années, et surtout qu'il pourrait venir la voir, qu'Alex avait accepté de partir. Encore qu'il nous avait fallu passer par la librairie du Jardin des Plantes afin de lui acheter un livre sur les grenouilles dont la photo de couverture représentait une grenouille verte absorbant une libellule bleue.

C'est cette histoire que j'ai racontée à Esther. Je l'ai racontée comme j'ai pu. D'autres me revenaient comme par effraction ou par association de pensées, ou plus simplement parce qu'Alex en était l'auteur, mais il me semblait, du moins dans un premier temps, que c'était cette histoire de grenouille qui le racontait le mieux.

Cher Bernard,

Quel choc ! Quel choc j'ai eu en recevant la photo d'Alex. Lorsque après avoir reçu ta première lettre, je te disais que je venais de retrouver une famille, je ne savais pas encore à quel point c'était vrai. Maintenant, avec sa photo près de moi, je le sais vraiment. Comment un fils peut-il ressembler autant à son père ? Alex a exactement l'âge qu'avait Leizer lorsque je suis partie de Pologne et c'est comme si je le revoyais après tout ce temps sans que son visage porte la trace des années passées. Bien qu'il travaillait déjà avec notre père, nous n'étions, Leizer et moi, que des enfants, et pendant toutes ces premières années nous nous écrivions beaucoup. Nous avions tellement de choses à nous raconter. Sauf pour les recommandations. C'est Leizer qui écrivait, mais c'est notre mère qui dictait. Jusqu'au jour où je n'ai plus eu de nouvelles. Celui où les Allemands ont envahi la Pologne. Mais tout ça, tu le sais.

Si je parle de la famille, c'est de celle que j'ai quittée parce qu'ici, en Amérique, il y a eu Max, mon oncle Max qui s'est si bien occupé de moi. Mais lui, ce n'est pas pareil. Il a trouvé un cimetière au bout de son chemin, et une tombe sur laquelle à Kippour je dépose trois cailloux. Il est mort il y a trois ans. Il avait soixante-cinq ans. Il s'était marié tardivement avec une ancienne girl des Ziegfeld Follies, mais qu'il n'a connue que plus tard chez Lindy's où elle était devenue serveuse. Lindy's était aussi un délicatessen célèbre pour son cheesecake et son gefilte fish, mais pas seulement. On pouvait y rencontrer jusqu'à l'aube tout ce que Broadway comptait de vedettes et de célébrités, ainsi que des citoyens plus discutables : joueurs de cartes professionnels, bookmakers, ou gangsters de mauvaise réputation. Pour Lucy, Max fut le mari parfait. Pour elle, il dépensait sans compter. Comme au temps de sa splendeur, elle porta bagues et bracelets. Bien sûr, ils n'avaient pas de projets comme lorsqu'on a vingt ans. Ils vivaient au jour le jour et se disaient que c'était bien cette vie à deux, et ils espéraient, puisque c'était bien, que ça durerait encore un peu comme ça. Au bras de Lucy, Max était heureux et fier comme le jour où il a revêtu son premier costume de chez Milgram Brothers, et avec elle, ses nuits ont été plus douces.

Lorsqu'il est tombé malade, Lucy a été exemplaire. Dévouée, attentive, toujours présente, c'est elle qui lui ferma les yeux, car jusqu'au bout, c'est sur elle que s'est porté son regard.

Après la mort de Max, nous nous sommes beaucoup vues, Lucy et moi. Elle me faisait part de son expérience.

« Moi, me disait-elle, tant que je levais haut la jambe, je ne voyais pas l'utilité de me marier, alors que c'est justement là qu'il faudrait le faire. Pour le choix. Et puis, il faut toujours se demander si en quittant la scène on va manquer à quelqu'un. Et le jour où j'ai compté mes amis du monde du spectacle, je me suis aperçue que je n'allais pas manquer à grand monde. C'est alors que j'ai quitté la scène et que je suis allée servir chez Lindy's où j'avais des relations. Et puis Max est arrivé, et grâce à lui, j'ai connu tout ce qu'une femme a le droit de connaître dans sa vie. »

Et depuis, Lucy me souhaite de tomber sur un homme qui un jour viendra dans mon magasin pour une autre raison que celle d'offrir des fleurs à une de celles qui lèvent encore haut la jambe de l'autre côté de l'avenue.

Mais je ne me plains pas. Je mène une vie paisible. Et depuis tes lettres venues de l'autre côté de l'océan, je sais que vit en France une famille à laquelle j'appartiens. Et quand en plus, j'apprends que Harpo Marx est l'acteur préféré d'Alex, c'est comme s'il était deux fois mon neveu. Et puisqu'il veut avoir des nouvelles de la famille Marx, dis-lui que, malheureusement, Chico est mort l'an passé à soixante-quatorze ans. Que Groucho anime avec succès une émission de télévision. Quant à Harpo, il vit retiré, en famille, du côté de Palm Springs. Dis-lui aussi que je lui envoie dans un prochain courrier le livre de souvenirs que Harpo vient de publier. Il est écrit dans une langue simple et juste qui lui permettra de faire de réels progrès en anglais.

Il faut maintenant que je réponde à tes autres questions.

Oui, j'ai tourné dans un autre film. Dans *The Great Ziegfeld*. Mais là non plus tu ne pourras pas me reconnaître. Il y avait trop de monde. C'est un film qui a été tourné avec de très gros moyens et qui a obtenu trois Oscars à Hollywood. C'était très bien payé. Bien plus que le théâtre, mais comme je te l'ai déjà dit, je ne connais pas de plus grand plaisir que celui de jouer et de danser pour un public présent. Il m'est même arrivé de danser pour un public qui, debout à la fin du spectacle, lançait ses chapeaux en l'air. Parce que tu dois savoir qu'ici, en Amérique, les chapeaux ça sert aussi à ça : à manifester sa joie. Alors que sur un plateau de cinéma, dès qu'ils entendent le mot « coupez ! », les techniciens passent à la prise suivante sans quitter leur casquette.

Tu m'as demandé aussi qui était Sophie Tucker. Alors voilà : comme tu m'as parlé des chanteuses américaines que tu aimais, écoute Judy Garland et juste après Bessie Smith. Après quoi, imagine une voix qui se situerait exactement entre les deux et tu auras une idée assez proche de qui est Sophie Tucker. Si j'avais la tentation de t'écrire comment elle chante *A Yiddishe Mamé* (qu'elle chante toujours en yiddish avant de la chanter en anglais), le papier sur lequel j'écris serait couvert de larmes. J'ai le disque ici chez moi, mais depuis quelques années je ne l'écoute plus. Je ne peux pas. Il est là, soigneusement rangé, et c'est très bien comme ça. Sophie Tucker, de son vrai nom Sonia Kalish, est née en Russie en 1884, mais elle chante *The Man I Love* ou *After You've Gone* comme si elle était une « Made in Harlem ». Lucy, qui avait participé à un de ses shows, m'a raconté ce que Sophie Tucker, parlant des filles du Show Business, aimait à dire :

« De sa naissance à ses dix-huit ans, il faut qu'elle ait de bons parents. De dix-huit à trente-cinq ans, il faut qu'elle ait un physique agréable. De trente-cinq à cinquante-cinq, il lui faut de l'argent. » Et elle, qui dès ses douze ans était déjà actrice de vaudeville à Brodway, ajoutait : « J'ai été riche et j'ai été pauvre… Croyez-moi, riche c'est mieux. »

Et puis tu m'as demandé si j'avais l'intention de venir un jour à Paris. Quoi te dire ? Oui, bien sûr, j'aimerais. Mais il est encore trop tôt pour y penser. Et puis, qui arroserait mes fleurs pendant mon absence ?

D'ailleurs, pourquoi ne viendriez-vous pas ici Alex et toi ? Je pourrai enfin vous serrer sur mon cœur, et tu verras, depuis que j'ai arrêté de danser, il y a de la place.

Voilà. C'est ici que je termine ma lettre qui a bien occupé mes deux mains. L'une qui tenait la plume et l'autre un mouchoir.

Et je t'embrasse, mon cher Bernard, et n'oublie pas d'embrasser très fort Alex et ta maman pour moi.

TANTE ESTHER

P.-S. Qu'elle est belle, l'histoire de la grenouille verte ! Tous mes amis, maintenant, se la racontent entre eux.

14

« Si tu veux, tu pourrais peut-être récupérer la chambre de Boubé », avait dit ma mère.

C'était il y a un an, et la bougie de vingt-quatre heures qui commémorait le jour du premier anniversaire de la mort de ma grand-mère venait de s'éteindre. Depuis, dans cette chambre, comme Boubé l'avait fait peu après la naissance d'Alex, j'allais y passer mes nuits.

J'étais encore au lit quand j'ai entendu qu'on frappait à la porte. C'était Alex. Il me disait qu'un Monsieur Giraud avait téléphoné pour moi.

« Il a laissé son numéro. Tu le trouveras près du téléphone, m'avait dit Alex à travers la porte. Je vais à la piscine. »

C'est Chez Moineau, un cabaret de la rue Guénégaud, que j'avais fait la connaissance de Robert Giraud.

Depuis le tournage, j'allais de temps en temps

dans ce cabaret pour écouter chanter Florencie, celui qui, le même jour que moi, avait eu un petit rôle dans *Jules et Jim*.

Lorsque j'y suis retourné la première fois, je ne savais pas s'il allait me reconnaître. Et puis, commençant par *À la Bastoche* de Bruant, quand il chanta : « … Sa maman, qu'avait pas d'mari / l'appelait son petit Henri / mais on l'appelait la Filoche, / à la Bastoche », et qu'il s'était tourné vers moi avec un léger sourire comme pour me saluer, je m'étais demandé de quoi exactement nous avions parlé le jour du tournage.

Aux chansons de Bruant que je lui connaissais, il avait ajouté quelques chansons de Gaston Couté, l'auteur antimilitariste de *La Chanson d'un gâs qu'a mal tourné*. Après quoi, et après avoir porté un verre de vin à ses lèvres, il avait chanté *Ou est-il donc ?*, la chanson que Fréhel interprétait dans *Pépé le Moko*. Puis, une fois sa guitare rangée, il avait commandé un autre verre, était venu s'asseoir près de moi, et nous avions un peu bavardé.

Robert Giraud venait aussi assez régulièrement passer une soirée Chez Moineau. Un soir, se détachant du comptoir, un verre de rouge à la main, il est venu prendre place à notre table et Florencie nous présenta. Giraud, je connaissais déjà son nom pour l'avoir vu écrit. Dans *Paris insolite* de Jean-Paul Clébert. Le livre lui était dédié ainsi qu'à Robert Doisneau le photographe. Clébert, parlant de Giraud, qu'il appelait Bob, avait écrit qu'il était le plus grand connaisseur du fantastique social de Paris. Le regard mi-amusé, mi-inquiet qu'il jeta sur mon jus de fruit me fit hésiter à lever mon verre pour trinquer, et je m'étais dit que sans la présence amicale de Florencie, nous n'aurions peut-être jamais fait connaissance.

Robert Giraud aimait les histoires. « Mon vice à moi, c'est d'aimer les histoires », disait-il.

Spécialiste de l'écoute, toujours disponible, un coude posé sur le comptoir, il aimait les histoires de première main, celles racontées par ceux qui prétendaient les avoir vécues. Car ils étaient parfois plusieurs, précisait Giraud, à revendiquer la même. Et à l'entendre dire qu'il n'avait jamais su résister au plaisir d'une conversation, lui dont le nez semblait aider les yeux à regarder dans toutes les directions, on ne pouvait que souhaiter le suivre là où il n'y avait qu'à se montrer attentif pour voir et écouter.

Une fois Giraud parti, Florencie m'apprit que c'était lui qui, un soir, l'avait incité à chanter Fréhel.

« Giraud avait connu Fréhel dans ses dernières années. Dans ses derniers mois même. Avec un copain à lui, Pierre Mérindol, qui était journaliste et même ancien prof de philo je crois, ils avaient déniché rue du Cardinal-Lemoine un ancien musette resté en état avec les murs encore peints en rouge de l'époque. Les tables et les bancs étaient encore vissés au parquet à cause des bagarres. Au début, avec trois musiciens perchés sur une estrade, ils ont fait bal. Ça ne faisait pas guinguette comme celui que ton copain avait trouvé à Belleville, c'était plus fait pour le samedi soir que pour le dimanche après-midi, mais ça attirait du monde et tout le monde était content. Un jour, pour amener du sentiment, ils ont décidé d'aller voir Fréhel et ils n'ont pas eu trop de mal à la convaincre de venir chanter. Elle était lustrale disait Mérindol, et Giraud, lorsqu'il en parle, l'appelle toujours "Fréhel la Grande".

— Qu'est-ce qu'il est devenu, ce musette ?

— Il est fermé. Je crois pourtant que les affaires marchaient assez bien, mais j'ai cru comprendre que les propriétaires ont eu une histoire un peu sombre avec le milieu et un jour le lieu a été fermé. Mais il y a plus de dix ans de ça puisque Fréhel est morte en 51. »

Depuis, c'était aussi pour Robert Giraud que j'allais chez Chez Moineau. Il avait dit : « Dans un bistrot, j'ai pas à parler, qu'à écouter. »

Giraud, c'était un emmagasineur d'histoires. Il les ramassait de comptoir en comptoir, et les entretenait en lui pour les garder vivantes. Puis, à son tour, il les racontait. Mais en mieux. On les trouve dans *Le Vin des rues*, un bouquin qu'il a écrit il y a quelques années. Grâce à quoi elles dureront plus longtemps que ceux qui en furent les auteurs.

Je quittais Chez Moineau généralement un peu après minuit, parfois avec Giraud, qui allait finir la nuit aux Halles, et ensemble nous traversions la Seine par le Pont-Neuf. Je filais ensuite au Châtelet pour attraper le dernier métro qu'il m'arrivait de rater. Et c'est à pied, rue de Rivoli, rue Vieille-du-Temple, rue des Filles-du-Calvaire, que je rentrais chez moi. Ou rue des Archives, rue des Francs-Bourgeois et le silence de la place des Vosges pour varier le parcours.

Le Café de la Poste. Situé non loin du Châtelet, il commençait souvent par celui-là, Robert Giraud. Je l'ai accompagné quelques fois ratant volontairement mon dernier métro. Café au long comptoir, le Café de la Poste est un peu le bureau de placement de tous ceux qui attendent les routiers venus là pour décharger leurs caisses de marchandises. Pour quelques francs, ou en échange de deux, trois choux-fleurs et d'une grosse botte de poireaux, on descendait des camions puis entassait les cageots de fruits et légumes. Giraud avait fait ça il y a longtemps avec Fifi le Gitan, personnage dont il m'a beaucoup parlé.

« Il n'y a pas de meilleur endroit pour un solitaire que le bistrot, m'a dit Giraud, commandant deux rouges d'autorité. À cause des oreilles qui entendent toujours quelque chose dans quoi on peut intervenir et reprendre contact. Mais après, il faut y revenir. Parce que, boire un coup, c'est mieux de le faire dans un endroit où on connaît votre nom. On y est plus à l'aise. Mais il y a aussi ceux qu'on ne retrouve jamais. Ils sont là, un temps, à la même place, et puis un jour plus rien. Emportés on ne sait pas où. Effacés. On se souvient juste du nom qu'on leur donnait. »

Le numéro de téléphone que Robert Giraud m'avait laissé était celui du Corona, ce grand café du quai du Louvre en face duquel sa femme était bouquiniste. Soucieux de m'instruire, il me conviait à un spectacle singulier pour le lendemain dimanche, et me donnait rendez-vous au Canon d'Or, rue Lécuyer, aux Puces de Saint-Ouen.

Au Canon d'Or, les conversations ne tranchaient guère sur celles qui se pratiquaient dans les bistrots du Paris intra-muros. À cette réserve près, et qui identifiait le lieu, c'est que les commentaires adhéraient inévitablement à ce qui au-dehors se vendait et s'achetait.

« Allons voir l'attraction », m'a dit Giraud après un verre de vin et quelques poignées de main.

Giraud, s'il variait l'ordre de ses étapes dans un périmètre donné, ne s'évadait jamais de ses trajets. Et il s'étonnait, lorsqu'il lui arrivait de regarder la télévision, du besoin qu'avaient les gens d'aller au bout du monde alors qu'il y avait tant à découvrir autour de soi. « Il y a toujours, partout, disait-il, la spécialité ou l'attraction maison qui occasionnent un intérêt supplémentaire. »

Nous marchions côte à côte vers ce café où

nous attendait l'attraction dont il m'avait tu le contenu. Il n'était pas loin ce café : rue du Plaisir, et je n'allais pas tarder à savoir à quel point cette appellation était prometteuse.

« Nous y voilà, a dit Giraud en poussant la porte.

— On n'attendait plus que vous pour commencer », a dit Monsieur Blaise, le patron du lieu.

Le bec-de-cane qu'il retira dès après notre arrivée annonçait « complet » et à la fois quelque chose d'énigmatique, de secret, à la limite du semi-clandestin.

Le café était rectangulaire, avec le comptoir situé non pas au fond comme il arrive souvent, mais à gauche. Toutes les tables avaient été repoussées sur la droite.

Entre les deux, dos au mur, face à un homme seul en vêtement de travail, près de cinquante personnes étaient disposées sur trois rangées, comme une chorale prête pour un concert. Cette clientèle particulière dont on pouvait se demander comment elle avait échoué là, tant les vêtements qu'elle portait reflétaient une certaine aisance, était presque essentiellement féminine.

« Je vais demander à l'aimable assistance de faire un peu de silence pour que Monsieur Raymond que voici puisse commencer, a dit Monsieur Blaise en posant la main sur une épaule de l'homme seul. Je vais aussi demander à ces messieurs dames de ne pas prendre de photographies. »

Le silence obtenu, Monsieur Blaise alla derrière le comptoir et en revint portant un seau métallique rempli de dix litres d'eau. Il en fit vérifier la contenance aux dames du premier rang pour lesquelles il avait fait avancer quelques chaises, avant de déposer le seau aux pieds de l'homme, Monsieur Raymond, qui n'avait toujours rien dit.

Chacun son rôle.

« Restons près de l'entrée, me dit Giraud en s'accoudant au comptoir, c'est de là qu'on verra le mieux ce qu'il y a à voir. »

Intrigué, n'ayant aucune idée de ce qu'il y aurait à voir, sinon quelque chose d'insolite, je fis de même, bien qu'un peu surpris, puisque de là on ne voyait Monsieur Raymond que de dos. Et je fus totalement stupéfait lorsque Monsieur Blaise, s'adressant toujours à l'assistance, demanda à une ou deux volontaires de lever leurs jupes.

Deux femmes, ne manifestant visiblement aucune surprise, se levant spontanément de leur chaise, s'exécutèrent aussitôt, bientôt suivies d'une troisième. Et de deux autres encore. Et très vite, alors qu'on ne leur en demandait pas tant, sans doute par effet d'émulation, apparurent les culottes. Blanches et roses. L'une agrémentée de dentelle. Une de ces dames, la dernière à s'être levée de sa chaise, gênée par son sac à main, le tendit derrière elle à un monsieur, son mari sans doute, qui intimement devait être moite de confusion.

C'est alors que Monsieur Raymond fit tomber son pantalon. Et là, pantalon bas, la casquette vissée sur la tête, la chemise cachant à peine la nudité des fesses, les bras bien écartés, pliant les genoux un court moment, il se releva doucement accompagné du seau plein de ses dix litres d'eau.

Et sous tous les néons allumés, c'est dans les regards des spectatrices que je compris à quoi elles assistaient.

L'une d'elles, qui était restée assise, se leva, comme on se lève par politesse, et, relevant sa jupe à contretemps, curieusement, se balança d'un pied sur l'autre. Une autre récupéra sa chaise, presque à tâtons, le regard ailleurs. Plus tard, elle commanderait un cognac réparateur. Une autre encore ne cessait de murmurer on ne sait trop quoi, pendant que l'homme qui était l'objet de tous ces regards sortait de sa poche poitrine une cigarette de papier maïs qu'il alluma d'un briquet.

On était dans le magistral.

En bon organisateur, Monsieur Blaise ne quittait pas son public des yeux. Une dame, en tailleur strict, s'avança vers Monsieur Raymond qui ne bougea pas. Je jetai un œil vers Monsieur Blaise, visiblement inquiet de cette soudaine proximité. Mais il n'y avait pas lieu de s'inquiéter. La dame venait seulement déposer un billet dans le seau.

« Dans ces cas-là, c'est toujours un gros billet, nous a dit plus tard Monsieur Blaise. Elles considèrent que ce qu'elles ont vu mérite plus que ce qu'elles ont payé pour l'entrée. Et comme elles ont les moyens… les voitures de luxe qui attendent au bout de la rue, vous pouvez y aller, c'est pour elles. L'embêtant pour les billets, une fois qu'ils sont dans l'eau, il faut les faire sécher. Mais ça, c'est le travail de Madame Blaise.

— Au début, me confia Giraud, le couple Blaise avait craint les débordements, voire les évanouissements. Parce qu'on ne sait jamais. Mais s'évanouir, c'eût été se priver du plaisir. »

Le plaisir donné, Monsieur Raymond reposa le seau comme il l'avait soulevé en pliant les genoux. Puis, une fois le pantalon remis en place, il alla déposer son mégot éteint dans un cendrier publicitaire posé sur le comptoir. Madame Blaise, qui une fois la représentation terminée était sortie de sa cuisine, lui remit une grosse enveloppe qu'elle accompagna d'un café arrosé. Dans le merci qu'il adressa à Madame Blaise, il y avait l'humilité de ceux qui n'avaient jamais travaillé pour leur propre compte. Et comme il n'était pas un homme de discours, il serra la main de ses employeurs, et dit à dimanche avant de s'enfoncer dans les rues de Saint-Ouen.

« Raymond, au début, c'est au prorata qu'il était payé, nous dit Monsieur Blaise, commentant sa sortie, mais depuis que le public est fait de beau monde, il a demandé à être payé fifty-fifty. C'est plus intéressant pour lui. Mais c'est normal au fond. C'est quand même lui qui baisse le pantalon. Et puis, avec Madame Blaise, on n'a pas à se plaindre, parce que les consommations ne sont pas comprises dans le prix d'entrée. »

Je cherchai des yeux la dame qui avait commandé un cognac. Son verre à la main, elle avait toujours le regard ailleurs et ne semblait pas en revenir de ce dimanche enchanté.

« Le public, c'est trois rangs de quinze, a continué Monsieur Blaise. Plus, on peut pas. Surtout depuis que j'ai rajouté des chaises. Ça il le fallait, parce qu'il y en a toujours qui ont besoin de s'asseoir quand il sort son portemanteau, le Raymond. C'est pour ça, avec Madame Blaise, on réfléchit à une deuxième séance. Comme ça, il y en aurait pour tout le monde. Nous on voudrait le samedi, mais Raymond il préfère le dimanche après-midi, ça lui éviterait de revenir deux fois.

— Il habite loin d'ici ?

— Du côté de Lagny. C'est pas trop loin, mais c'est compliqué pour venir. Et puis il est pas tout seul. Il a une femme qu'il garde bien au chaud.

— Sa dame, Monsieur Giraud, je connais personne qui peut se vanter de l'avoir vue, a dit Madame Blaise qui s'était avancée dans la conversation.

— Et les jupes levées ?

— Ça c'est une idée de Monsieur Blaise, a continué Madame Blaise. Monsieur Raymond disait qu'il avait pas besoin de tout ça, mais ça faisait plaisir aux dames, parce que chacune d'elles s'imagine être à l'origine de l'exploit.

— Est-ce qu'il a besoin de voir toutes ces petites culottes pour exercer ses talents ? a poursuivi Monsieur Blaise. Qu'elles soient rouges, vertes ou bleues, pour moi ça ne joue pas. C'est surtout dans la tête que ça se passe. Non, les jupes levées c'est juste fait pour le spectacle. Et puis c'est flatteur pour ces dames.

— Il faudra vous recycler dans le music-hall, plaisanta Giraud.

— Rigolez pas, un moment on avait même pensé mettre de l'accordéon.

— C'eût été dommage. Je trouve que c'est beau dans le silence.

— J'allais le dire, Monsieur Giraud. C'est comme au cirque. Vous avez remarqué ? Juste avant que les trapézistes fassent leurs sauts périlleux à vingt mètres du sol, tout s'arrête. La musique, tout. On n'entend que le silence. Ça laisse toute la place pour les Oh ! Un jour, il y a une dame, dans le silence, elle a dit : My God ! ça veut dire Mon Dieu. Je sais pas ce que le Bon Dieu est venu faire là-dedans. C'était sûrement une Américaine. Maintenant, combien de temps ça va durer, on ne peut pas savoir. Ça doit être comme pour la boxe, il doit y avoir une limite d'âge. Vous croyez pas ? »

C'est Madame Blaise qui enchaîna après un geste volontairement évasif de Robert Giraud :

« D'après moi, il a encore de beaux jours devant lui, parce qu'en attendant, son cadeau de la nature, ça le met à l'abri du lendemain.

— Et puis, il y a une chose qu'il faut quand même dire, je ne sais pas ce que vous en pensez, mais moi, ce que je pense, c'est que Monsieur Raymond c'est un bienfaiteur de l'humanité. Parce que ces dames, et là Monsieur Blaise baissa la voix, je vous parie l'apéro qu'il n'y en a pas une qui va passer son dimanche toute seule. J'ai toujours pensé que rester seule, avec le souvenir qu'elles ont dans la tête en partant d'ici, ça serait pas bon pour leur santé.

— Oui, c'est un beau geste qu'il fait là, a conclu Madame Blaise. »

Les jupes ayant regagné leur longueur habituelle, le bistrot, petit à petit, se vidait. Monsieur Blaise, remettant le bec-de-cane en place, nous désignait du menton ceux qu'il appelait les danseurs de tango qui, mis au courant de ce qui se passait chez lui, faisaient les cent pas à l'angle de la rue Lécuyer.

Revenant par où nous étions arrivés, je m'étonnai auprès de Giraud de n'avoir aperçu Madame Blaise qu'une fois l'attraction terminée.

« Elle n'y assiste jamais. Le commerce n'empêche pas la pudeur. Elle reste dans sa cuisine à faire les comptes et ne revient dans la salle avec l'enveloppe que lorsque c'est fini. »

Nous nous sommes séparés devant le Canon d'Or où Giraud avait encore quelques mains à serrer. Il était trop tôt pour aller à la Chope des Puces. Les musiciens n'arrivaient que l'après-midi. J'ai pris le métro à la porte de Clignancourt et je réfléchissais aux aventures qui attiraient tant Giraud au point de l'inspirer. Lorsque, avant de nous quitter, je lui avais demandé ce qu'il fallait en penser, il n'avait eu qu'un mot : ininventables.

15

« Un tailleur, né en Pologne, a une fille dont il est très fier. Elle a été reçue à l'agrégation. Elle enseigne la littérature française. Maintenant qu'il a pris sa retraite, notre tailleur lit beaucoup. Beaucoup de livres en français, mais surtout en yiddish.

Il a demandé à sa fille l'autre jour : "Tu as lu *L'Assommoir* de Zola ?

— Oui, bien sûr.

— Mais est-ce que tu l'as lu en yiddish ?

— Non…

— Eh bien, tu as tort. C'est en yiddish qu'il faut le lire !"

Cette histoire, c'était juste pour évoquer l'agrément de la langue maternelle, que nous soyons nés ici ou là. »

Depuis que j'ai entendu Pierre Dumayet raconter cette histoire à la télévision, je regarde, quand je le peux, « Lectures pour tous », l'émission qu'il anime avec Pierre Desgraupes.

C'est ainsi que mercredi dernier, j'ai regardé avec intérêt l'entretien que Pierre Dumayet a eu avec Roger Vailland au sujet de son livre *Le Regard froid*. Livre composé de textes écrits entre 1945 et 1962. Je dois à cette conversation d'avoir acheté le livre. « Est-ce qu'on peut jeter un regard froid sur tout ? » demandait Dumayet. « Je pense qu'on peut jeter un regard froid sur tout, même sur la mort, disait Vailland. Pour moi, l'homme au regard froid, c'est l'homme qui a admis une fois pour toutes que la vie avait un commencement et une fin, qui se refuse d'avoir peur de la mort, qui la prend comme une fin naturelle de la vie. »

Il n'y a qu'un obstacle, pensais-je — et j'y pensais lorsque Vailland avait annoncé avoir pour projet d'y consacrer d'autres essais —, c'est lorsque la mort nous prend trop tôt.

J'y repensais, une fois le livre acheté et lu, lorsque dans un avant-propos, Vailland expose déjà son intention de se remettre à l'ouvrage, « l'âge venu, quand, l'imagination tarie et le goût des plaisirs émoussé, il me restera tout le temps pour philosopher ».

Cette émission — « Lectures pour tous », celle de *L'Assommoir* en yiddish —, je l'avais regardée parce qu'elle suivait une émission de variétés au cours de laquelle chantait Joël Holmès. Comme Robert, Joël aussi avait été moniteur à Tarnos. C'est là, je crois, accompagné de sa guitare, qu'il avait composé ses premières chansons. Lui aussi avait exercé plusieurs métiers : électricien, représentant, d'autres encore. Plus tard, je suis allé l'écouter au Café de l'Écluse, ce cabaret du quai des Grands-Augustins. Je me souviens qu'au même programme, il y avait Pia Colombo, Marc et André, et le limonaire de Léo Noël. Plus tard encore, au Music-Hall ABC, c'est lui qui, plusieurs semaines durant, avait assuré la première partie d'un tour de chant donné par Amália Rodrigues. Avec quelques anciens de la colonie de vacances, fiers de voir le nom de Joël en lettres lumineuses, et fiers de le connaître, nous avions décidé, après l'avoir écouté, de lui faire la surprise de l'attendre après le spectacle à l'entrée des artistes. Nous l'avons attendu en vain. Joël avait quitté sa loge à l'entracte.

Ma mère était assise tout à côté de moi quand au cours de l'émission il avait chanté *Jean-Marie de Pantin*. Et lorsqu'elle entendit : « Mais il arrive qu'un beau soir / On dis' je t'aime sans y penser / Et ça fait mal à n'y pas croire / Cette voix qui vient du passé / …Hier c'était hier / Aujourd'hui c'est demain / Il faut qu'on s'aime bien / Pour hier, pour demain », j'ai vu qu'elle n'avait rien oublié de ses histoires d'amour.

Alex aussi s'était mis à la guitare. Pas à cause de Joël. À cause de Florencie, à qui je l'avais présenté. Et lui qui jusque-là ne jurait que par Brassens, qui chantait à tue-tête *Celui qui a mal tourné*, qui me paraissait fermé aux musiques du passé, s'était demandé qui était ce type — Bruant — qui, il y a plus de soixante ans, avait composé toutes ces chansons. Dès le lendemain il était allé chez Martin Cayla, un marchand de musique du faubourg Saint-Martin, pour acheter un recueil de chansons de Bruant qu'il consommait comme on consomme de l'alcool, sans même chercher à savoir pourquoi elles n'avaient pas disparu dans l'oubli. Et c'est sous cette influence qu'à son tour il s'était mis à vouloir raconter des histoires en musique. À peine rentré du lycée — il était maintenant en seconde au lycée Voltaire —, juste le temps de prendre son goûter, il filait dans sa chambre pour s'enfoncer dans la musique. Jamais encore nous ne l'avions vu travailler avec un tel acharnement. Il semblait, plaquant et variant les accords, poser des questions à sa guitare, guettant les réponses, et elle finissait par répondre. Et ce qu'un soir j'ai entendu à travers la porte, c'est ça :

Si je dis que j'n'en sais rien,
C'est plutôt qu'je l'sais trop bien.
C'est en l'an quarante-deux
Qu'il est parti avec ses vieux.

C'est après la première lettre de Tante Esther qu'Alex avait changé son rapport au travail scolaire. Cela avait commencé naturellement avec l'anglais. En vue d'un voyage espéré. Bien que hors scolarité, la musique avait suivi, aussitôt accompagnée du français.

Quoique irréguliers dans leurs résultats, les textes qu'il écrivait à la demande de ses professeurs de français successifs nous avaient déjà réservé quelques surprises, et je savais d'expérience que, pour atteindre une autre vérité, Alex ne se préoccupait pas toujours de véracité. Il m'avait donné à lire un travail déjà corrigé par son professeur, dont la demande cette fois consistait à rédiger un texte inspiré d'un fait divers. Ayant écrit cinq pages impressionnantes de précision sur une exécution capitale, il s'était appuyé, m'avait-il dit, sur un reportage trouvé dans un magazine qui traînait dans la salle d'attente de notre dentiste, qu'il avait noté d'abord, puis furtivement découpé en attendant son tour. Alex avait situé l'exécution bien avant la guerre, à une époque où, comme dans *Casque d'or*, on guillotinait en public au petit matin sur le boulevard Arago. Par le truchement de son avocat, le condamné — celui dont parlait Alex — avait exprimé le désir que le jour de son exécution, ne supportant pas l'alcool, au lieu du traditionnel petit verre de rhum, on lui permette de boire un bol de café au lait avec une baguette fraîche, beurrée et un peu croustillante. Au grand embarras de l'administration pénitentiaire, l'avocat l'avait fait savoir à la presse, qui s'était aussitôt saisie de l'événement. Un quotidien à grand tirage, trouvant le sujet juteux, avait même fait établir un sondage auprès de ses lecteurs afin de savoir s'il fallait ou non satisfaire le désir du condamné. Comme prévu, ce sondage avait eu pour effet d'augmenter très sensiblement le tirage du journal le jour de la publication du résultat. 78 % des personnes interrogées étaient résolument contre. Certains, curieusement, par respect des traditions qu'ils estimaient intouchables. Mais la plupart, pour la raison qu'un condamné à mort n'a pas à avoir d'exigences et qu'y répondre favorablement, disaient beaucoup, c'est ébranler l'ordre républicain (Alex avait collé un *sic* derrière le mot républicain). Un grand débat s'était alors engagé, poursuivait Alex. Sur les ondes, dans le métro dès que s'ouvrait un journal, dans les bistrots, même dans le cadre familial. Certaines discussions, par leur violence verbale, n'étaient pas sans rappeler celles qu'avait provoquées l'affaire Dreyfus. Café au lait ou verre de rhum ? On attendait avec impatience la décision du ministre de la Justice. Il fallait que le gouvernement s'engage. Y aurait-il un débat à la chambre ? Déjà, avant même de connaître la date de l'exécution, les fenêtres du boulevard Arago sont — pour ce matin-là — louées à prix d'or. Certains plumitifs, soucieux de maintenir l'intérêt d'une population presque unanimement scandalisée, décrivent, près du couperet soigneusement aiguisé, luisant dans la lumière du jour qui se lève, le condamné assis sur un tabouret de bois, un bol de café au lait fumant maintenu entre ses genoux et, un peu tremblantes, les mains menottées trempant la tartine beurrée dans le bol avant de la porter à ses lèvres. Et là, Alex, comme s'il avait été physiquement présent, dans une suite d'images vertigineuses et presque diaboliques imaginait la suite. La foule aurait aimé entendre le bruit de la tartine croquée, avait-il écrit, mais les manifestants sont trop bruyants. Des banderoles surgissent çà et là, exprimant la colère de ceux qui s'insurgent contre les privilèges accordés à l'assassin alors que tant de familles méritantes n'ont pas de quoi nourrir leurs enfants. Le condamné, lui, ne comprend pas tous ces mouvements de foule. Il ne comprend pas parce qu'il n'y avait dans sa demande aucune part de provocation. Il voulait seulement, avant de quitter définitivement ce monde, emporter avec lui le souvenir d'un des rares moments heureux qu'il lui avait été donné de vivre.

En exergue de son texte, Alex avait reproduit le dernier couplet d'une chanson de Bruant :

Et sur la bascule à Charlot
Il a payé sans dire un mot
À la Roquette, un beau matin
Il a fait voir à ceux d'Pantin
Comment savait mourir un broche
De la Bastoche !

Tout comme moi, le professeur d'Alex avait été fortement secouée par son travail. Elle l'avait trouvé remarquable, mais, peut-être, parce qu'il lui était difficile de croire ou plutôt d'en accepter l'authenticité, elle s'était arrêtée sur les résultats du sondage. Les 78 %, avait-elle noté, c'était beaucoup et ôtait un peu de crédibilité au récit. Mais, bien plus important, soulignait-elle, l'exagération de ce chiffre la laissait dans un état de trouble, car elle se demandait pourquoi un enfant de seize ans pouvait avoir une vision aussi pessimiste du monde.

Ce texte d'Alex fit revenir une autre histoire de tartine beurrée. Et j'allais remettre à plus tard l'interrogation que me suggérait le besoin que nous avions tous les deux d'évoquer les vies écourtées, lorsque je fus arrêté par quelques lignes parues dans une des pages de *France-Soir* consacrées aux faits divers. Un homme de cinquante-trois ans s'était suicidé en dévorant un camembert saupoudré d'arsenic. C'est tout ce que le journal en disait. Ce qui m'arrêtait avec insistance dans ce suicide, c'était son étrangeté. Comment associer ces deux choses : manger un camembert et choisir de mourir en le mangeant ? Choisir à la fois le plaisir, et la mort, son contraire ? Cette mort, par sa proximité, me renvoyait nécessairement à l'histoire du café au lait du condamné qui, un instant avant de mourir, avait désiré vivre un moment de bien-être. Avec tout de même cette différence qui avait son importance, c'est que dans le second cas il s'agissait d'un suicide. Et je ne m'expliquais pas cette contradiction qui avait amené le suicidé à vouloir concilier le plaisir avec le désir d'en finir avec la vie.

La première histoire de tartine beurrée d'Alex remonte à bien des années. Madame Rougemont, chez qui ma mère était vendeuse, l'avait invitée, ainsi qu'Alex et moi, à venir déjeuner un dimanche. « Si votre maman veut se joindre à nous, avait-elle ajouté, elle est bien évidemment la bienvenue. » Mais Boubé n'avait pas voulu. Pas seulement parce qu'elle n'aurait pas trouvé sa place dans des conversations étrangères à ses préoccupations, mais surtout parce que les dimanches elle retrouvait régulièrement, au café le Thermomètre de la place de la République, la « Yiddishe-Polnishe-Françouské » avec qui elle commentait librement les nouvelles de la semaine.

La « Yiddishe-Polnishe-Françouské » (littéralement la Judéo-Polono-Française), devait son surnom au fait qu'elle était juive, mariée une première fois à un catholique polonais mort au front en 1939, et mariée une seconde fois à un catholique français dont elle était divorcée. Le tout, mariages et divorce, dans des conditions qui m'étaient toujours restées mystérieuses.

Tout en justifiant sous je ne sais plus quel prétexte l'absence de Boubé, maman avait accepté de venir avec ses deux fils. C'est ainsi que le dimanche en question, maman, un bouquet de roses à la main, et après avoir fait à Alex quelques recommandations, sonna à la porte de Monsieur et Madame Rougemont dont l'appartement était situé juste au-dessus du magasin.

La table, ovale, était mise pour cinq. Monsieur et Madame Rougemont s'étaient placés l'un en face de l'autre, et maman face à Alex et moi. Madame Rougement avait préparé un gigot qu'elle avait eu la délicatesse d'accompagner d'une purée. Monsieur Rougemont, qui, avais-je appris, exerçait le métier d'ingénieur dans les télécommunications, me posant les questions qu'inévitablement on pose à un adolescent concernant ses études et son avenir professionnel et auxquelles je répondais comme il fallait répondre puisque je m'y attendais, le repas se déroulait de façon harmonieuse. C'est dans cette simple cordialité qu'un regard de maman — regard sans sévérité mais ferme — me fit comprendre que je devais donner à Alex un discret coup de pied sous la table. Avec sa purée il venait d'édifier un volcan. Volcan qui n'était pas en fusion mais au sommet duquel il avait creusé un cratère. Avec sa fourchette, il effectuait déjà un autre percement : une galerie souterraine à l'intérieur de laquelle était censée s'écouler la sauce du gigot. La purée de Madame Rougemont était parfaite et se prêtait excellemment à cette occupation qui permettait à Alex de se tenir à l'écart de la conversation des adultes. On ne pouvait pas lui en vouloir pour sa façon de manger la purée. Tout bébé, Alex étant mauvais mangeur, Leizer avait trouvé cette façon de lui faire avaler sa purée. Après l'accident d'avion, maman, et moi quelquefois, avions pris le relais. Devenu plus grand, Alex se racontait tout seul ses histoires, et selon l'humeur, avec une fourchette comme seul outillage, la purée, avant d'être engloutie, devenait montagne, volcan ou château sur lesquels il trouvait toujours quelques travaux à réaliser.

Monsieur et Madame Rougemont ayant fait semblant de ne rien remarquer, l'angoisse qui s'était emparée de ma mère s'estompa dès qu'elle vit qu'Alex, revenu sur terre, se comportait comme on le lui avait recommandé.

Le café fut servi au salon dans de petites tasses anglaises joliment décorées. Sur la table basse autour de laquelle nous avions pris place, près d'un paquet de cigarettes à bout filtre auquel personne ne toucha, trônait une belle boîte de chocolats que Madame Rougemont fit circuler dès le café bu. C'est alors que Madame Rougemont, Monsieur Rougemont, maman et moi avons entendu Alex, une fois les chocolats servis, demander une tartine de pain beurrée. Avant même de jeter un coup d'œil pour voir la tête que faisait maman, j'ai essayé d'imaginer ce qui pourrait se passer dans celle de Madame Rougemont. Alex avait mangé une entrée, du gigot, une montagne de purée, de la salade, du fromage, une délicieuse tarte aux pommes, et il demandait encore une tartine de pain beurrée pour manger avec son chocolat. Alex, qui n'avait pas soupçonné un seul instant ce que sa demande pouvait avoir d'extravagant, ne comprenait pas pourquoi maman se récriait. Au point que lorsqu'il entendit Madame Rougemont, allant préparer une tartine, dire, croyant bien faire : « Mais c'est qu'il a encore faim cet enfant », il protesta en disant que non, il n'avait plus faim, mais que c'était seulement pour manger avec son chocolat qu'il demandait du pain. Maman et moi savions très bien que « cet enfant » n'avait plus faim. Seulement, depuis la maternelle, Alex avait toujours eu pour son goûter une tartine de pain beurrée accompagnée d'une barre de chocolat. Et puisque c'est l'association des deux qui lui procurait du plaisir, il ne voyait pas pourquoi il devait en être privé. Et c'était pour mieux s'en régaler qu'il souhaitait croquer à la fois dans ces merveilleux chocolats et dans une tartine beurrée.

Là encore, l'habitude avait repris le dessus. Il y était au chaud.

Et c'est pendant que Madame Rougemont, irréprochable, pour que dure ce plaisir innocent, présentait une seconde fois à Alex la boîte de chocolat parce qu'il n'avait pas fini son pain, que Monsieur Rougemont se lança dans le récit d'une histoire qui n'avait strictement rien à voir avec tout ce qui avait pu être dit jusque-là.

Cette histoire, il est important que je m'en souvienne à cause de sa chute. Donc, pour autant que je m'en souvienne, elle lui était arrivée lorsqu'il avait une vingtaine d'années. Et il avait décidé, avec des jeunes gens de son âge de faire une randonnée en montagne. Au bout de quelques heures de marche, ils en avaient atteint le sommet. C'était un glacier je crois bien. En fait, poussé par son goût de la compétition, c'est lui qui était arrivé le premier à la cime. Et avec suffisamment d'avance sur les autres pour avoir le temps de se déshabiller — c'était l'été, il faisait chaud — et de plonger dans un lac qui se trouvait là, à ses pieds, à moins d'un mètre. « Et c'est là que j'ai eu la peur de ma vie, nous a raconté Monsieur Rougemont, car la surface de l'eau s'étalait à une dizaine de mètres sous moi. Dix mètres ! C'était ça la vraie distance ! Le trajet pour y arriver était d'une durée tellement incompréhensible que j'ai cru qu'il n'y avait pas d'eau, que j'avais été victime d'une illusion d'optique. C'est lorsque revenu à la surface j'ai vu mes camarades qui, ayant, eux, bien mesuré l'espace qui nous séparait, se sont mis à applaudir mon audace, que j'ai commencé à comprendre. C'est un phénomène optique assez fréquent en montagne dû à la réfraction des rayons solaires. C'est un mirage en quelque sorte. Dans un désert, ça produit l'illusion d'une nappe d'eau. En montagne, sur la neige ou sur la glace, ça a pour effet d'annuler les distances. »

C'est juste pour changer de conversation que Monsieur Rougemont avait commencé cette histoire. Pourtant, arrivé à ce moment du récit, rétrospectivement, il en tremblait encore presque d'émotion. Aussi, l'avait-il conclu par : « C'est une émotion qu'il est difficile de comprendre. Je crois même que c'est seulement lorsqu'une telle aventure nous arrive qu'on peut prétendre la comprendre vraiment.

— Moi, ça m'est arrivé, a dit Alex à la surprise générale. Un jour, dans l'escalier, la minuterie s'est éteinte. Alors dans le noir, comme je croyais qu'il n'y avait plus qu'une marche, j'ai sauté. Mais il y en avait encore deux. Moi aussi j'avais eu très peur. »

J'avais déjà vu des visages se décomposer. Je crois même en avoir vu changer de couleur : blanc, ou tirant sur le vert, violet parfois, mais sur celui de Monsieur Rougemont, ce que j'en retiens des années après, c'est qu'on avait tout ça à la fois. Cette histoire dont il était le héros, qu'il avait très certainement racontée des dizaines de fois avec le succès que l'on imagine, un petit emmerdeur, un môme de neuf ans, se ramenait et venait la comparer à une misérable histoire de marche d'escalier ratée.

Alex avait-il eu la moindre idée de ce qu'il infligeait à Monsieur Rougemont ? Son intervention avait eu un pouvoir de destruction d'une efficacité qui ôtait à l'homme qui avait eu la gentillesse de nous inviter toute possibilité de riposte. Il paraissait foudroyé. C'était ça l'exploit d'Alex. Obtenir un tel résultat tout en conservant une apparence d'innocence, c'était du grand art.

Le fossé menaçant par effet d'accumulation de s'élargir encore, maman décida qu'il était temps de reprendre le chemin de la rue Oberkampf, et elle n'attendit pas d'être à la maison pour dire à Alex qu'elle ne l'emmènerait plus nulle part. Et comme elle éprouvait le besoin de marcher, c'est à pied que nous sommes rentrés. Alex suivait à dix pas, marchant au bord du trottoir, les mains enfoncées dans les poches, le regard ne quittant pas le caniveau, comme un clochard cherchant un mégot solitaire.

16

C'est après avoir assisté à un cours donné par Vladimir Jankélévitch à la Sorbonne que je suis allé au Studio des Ursulines voir *Madame de*... de Max Ophuls. Et c'est encore après un de ses cours donné sur le Temps que je me suis procuré le texte de *La Ronde*, la pièce d'Arthur Schnitzler que Max Ophuls avait adaptée pour le cinéma.

La pièce de Schnitzler commence ainsi :

1

LA FILLE ET LE SOLDAT

Le soir, près du jardin public, au bord du Danube.

LE SOLDAT arrive en sifflant. Il rentre au quartier.

LA FILLE

Tu m'accompagnes, mon mignon ?

LE SOLDAT se retourne et continue son chemin.

LA FILLE

Tu ne veux pas venir avec moi ?

LE SOLDAT

Ah ! c'est moi le mignon ?

Il n'y avait pas le début filmé par Max Ophuls. Celui où, venant du brouillard, le meneur de jeu, tout en marchant, s'adressait aux spectateurs par ces mots : « Et moi, qu'est-ce que je suis dans cette histoire ? L'auteur ?... »

Les souvenirs d'Ophuls écrits lors de son exil à Hollywood venaient d'être publiés. Il y racontait son départ précipité d'Allemagne en février 1933. « Si ton père va vraiment si mal, lui avait-on conseillé au téléphone, ne perds pas une seule journée, prends le train immédiatement. » Ophuls avait compris. « Le soir, en route vers la gare du Zoo, avait-il écrit, je passai au volant de ma voiture devant l'Atrium, l'une des principales salles de Berlin. Du haut de la façade, d'immenses lettres lumineuses annonçaient : « *Liebelei*, un film de Max Ophuls. » Je me tournai vers ma femme et mon fils :

« Regardez, regardez bien de tous vos yeux, c'est sans doute la dernière fois que vous voyez ça. »

Ce qu'Arthur Schnitzler, mort en 1931, ne pouvait évidemment pas savoir, en 1950, date du tournage de *La Ronde*, Max Ophuls le savait. D'où, je crois, l'introduction de ce personnage, le meneur de jeu, double de Max Ophuls, disant à Vienne, en 1900, que « le Passé était tellement plus sûr que l'Avenir ».

Lors de ma première vision de *La Ronde*, cette observation sur le passé et l'avenir n'avait pas manqué de provoquer chez moi une certaine perplexité. Mais c'est aujourd'hui seulement qu'il me semble en percevoir le véritable sens.

Cette révélation, c'est à Vladimir Jankélévitch que je la dois. D'avoir eu la chance d'assister à son cours sur le Temps. À cette petite phrase définitivement retenue : « C'est toujours le bon, le temps qui est passé. »

Ces deux hommes, Ophuls et Jankélévitch, nés au tout début de ce siècle, comme s'ils étaient naturellement liés, je pressentais que j'irais maintenant de l'un à l'autre. C'était donc bien de voir *Madame de...* au sortir d'un cours de Jankélévitch.

Une femme d'apparence frivole réapprend à aimer et en meurt, c'est ce que racontait le film.

Sur l'écran, Danielle Darrieux, le front appuyé sur une porte qui se refermait, pour se défendre de l'amour, disait à l'homme qu'elle aimait : « Je ne vous aime pas, je ne vous aime pas, je ne vous aime pas. » Dans la salle, assise près de moi, une jeune femme, le visage levé vers ces mouvements du cœur, pleurait. Ses larmes, appelées par ces « je ne vous aime pas », semblaient avoir été renvoyées à un douloureux souvenir que peut-être elle pensait avoir effacé. Partagées avec celles de l'héroïne du film, elles glissaient, silencieuses, comme des larmes bienfaisantes. Peut-être parce que cette femme près de moi pleurait comme on pleure de ce que l'on connaît, je ne crois pas avoir mieux vu un film d'amour que celui-ci. Et je me demandais pourquoi les belles histoires d'amour que j'aimais au cinéma (*Casque d'or*, *Jules et Jim*, *Madame de*…), malgré leur charme, se terminaient toujours tragiquement par la mort vue dans le regard de ceux qui restent.

Après la séance, au bout de quelques pas faits en direction de la rue Gay-Lussac, j'ai attendu la jeune femme avec qui je venais de voir *Madame de*… Oui, avec. Alors que je ne la connaissais pas. Avec, parce que nous avions été si proches l'un de l'autre à regarder ensemble Danielle Darrieux et Vittorio De Sica vivre d'amour et en mourir. Je ne savais pas ce que j'allais lui dire, mais je l'ai attendue. Et comme je l'attendais, elle s'est arrêtée près de moi. Et comme je ne la connaissais pas, je me suis excusé et je lui ai dit que pendant la séance, lorsque s'écoulaient ses larmes, j'avais eu envie de prendre sa main dans la mienne et de la garder, et je me suis encore excusé de la singularité de ce que je venais de dire. Elle m'a dit merci. Et ce merci fut dit comme je ne savais pas qu'on pouvait le dire. Et nous nous sommes tus. Et puis, il y a eu l'esquisse d'un geste. Sa main droite, lentement, se détachait de son corps avant de s'arrêter en chemin et reprendre doucement sa place. Mais ce geste, amorcé, ne fut pas un geste inachevé puisque je n'eus aucune peine à le prolonger et le sentir comme une caresse.

Son regard avait gardé la trace des larmes versées, lorsqu'elle traversa la rue des Ursulines. Sur le trottoir, à l'angle de la rue Gay-Lussac, elle s'arrêta un court instant. Le temps que je la rejoigne ? Non, je ne crois pas. Elle se serait retournée. De quoi étions-nous séparés ? Je ne sais pas. Je suis resté à la voir disparaître.

Il n'y avait eu que ce mot : merci, et un geste dont je gardai l'empreinte, et cela dura juste le temps de savoir que tout avait été possible.

Le cours de Vladimir Jankélévitch auquel j'avais assisté le matin même était un cours sur l'Occasion. L'Occasion de l'instant. Et pendant que je suivais du regard la jeune femme disparaître, se dégageaient de ce cours quelques fragments de phrases que j'avais eu à peine le temps de prendre en note : « C'est la minute enchantée où le regard croise le regard », « c'est l'instant qui dure très peu de temps et qui est donc précieux », « notre vie est faite d'instants uniques », « c'est peut-être le sens de ma vie qui passe en un éclair », « comment capter cette occasion qui passe ».

Ce temps que je n'avais pas su capter, j'allais longtemps m'en souvenir. Et peut-être est-ce seulement parce que j'étais attaché à l'éphémère que je n'avais pas cherché à retenir ce temps si précieux.

J'ai décidé de marcher un peu. Et ce n'est qu'à l'Hôtel de Ville que j'ai pris l'autobus 96 pour rentrer chez moi.

C'est à un autre temps précieux, et qui lui aussi ne pouvait avoir lieu qu'une fois puisque c'était la première, que me renvoya ce cours de Vladimir Jankélévitch. Je ne sais plus quel âge j'avais. Treize ans, ou peut-être quatorze. Mais à peine. Nous étions quelques-uns, après la colonie de vacances, afin de ne pas nous perdre de vue, a avoir décidé d'aller ensemble une fois par semaine à la piscine. C'est la piscine Neptuna que nous avions choisie, parce que, située sur les Grands Boulevards, elle se trouvait la plus proche de nos domiciles respectifs. Cette piscine, dont les cabines surplombaient le bassin, avait la particularité d'avoir ses cabines séparées entre elles par une mince cloison de bois. Le hasard, une fois, fit que Suzy occupa la cabine contiguë à la mienne. Et à peine avais-je ôté mon maillot — c'était après la baignade — que j'entendis Suzy essorer le sien. Et puis un frottement. Celui de sa serviette sur son corps ? J'écoutais, presque tremblant, les mouvements de ses bras. C'est alors, effectuant pour me sécher les mêmes gestes qu'elle, que je vis à moins d'un mètre du sol, percé dans la cloison, un trou. Petit certes, mais visiblement percé pour qu'un œil puisse s'y coller. Ce que je fis, et je me souviens n'avoir pas beaucoup hésité. Là, tout près, à quelques centimètres, il y avait le corps nu de Suzy. Consciencieusement, elle essuyait chaque partie de son corps sur lequel mes yeux glissaient, et je découvrais, émerveillé, ce que les déplacements de sa serviette acceptaient de me laisser voir. Puis, comme pour mieux offrir son corps à mon regard, elle se sécha longuement les cheveux avant de s'asseoir, face à moi, sur un petit banc de bois dont disposait chaque cabine. Successivement, elle s'occupa à essuyer une jambe, puis l'autre, et curieusement, comme si elle pensait à quelque chose d'imprécis, elle resta là, à attendre, les mains posées sur ses genoux dans une immobilité qui me combla. Et puis, presque avec docilité, presque comme si je le lui avais demandé — et ce fut le plus lent de tous ses gestes —, elle desserra ses genoux. Et ce qui m'apparut fut un éblouissement. Proche de l'évanouissement, je voyais là où mon désir me conduisait. Et je n'en avais pas d'autre alors que celui-là : voir. Je n'imaginais rien d'autre encore. Il m'a été donné depuis de voir d'autres nudités, mais par ce souvenir sur lequel il me plaît encore de m'attarder, cette passion de la nudité ne m'ayant pas quitté, ce n'est toujours qu'en pleine lumière que j'aime à accomplir les gestes de l'amour.

Ce temps où Suzy m'offrait toute la richesse de son corps s'acheva brusquement. À son tour, elle venait d'apercevoir la percée de notre cloison commune — bien qu'à la réflexion, elle en avait depuis un moment découvert l'existence. Sa curiosité répondant à la mienne, elle se pencha, approchant son visage tout près du mien. D'un bond je fus debout. Qu'allais-je faire ? Bien que déjà sec, je fis bêtement mine de m'essuyer et ce fut tout. Simplement, nos corps disaient les mêmes choses, au point que lorsque nous sommes sortis de nos cabines, d'un court regard, à cause de ce qui nous portait, je me suis dit : comme nous nous ressemblons. Et jamais, de tout ce qui s'était passé, de tout ce que nous venions de partager, nous n'avons parlé.

Dehors, sur le trottoir du boulevard Poissonnière, les autres nous attendaient. Parlant comme d'habitude de choses et d'autres, nous avons marché jusqu'à la place de la République, où nous nous sommes séparés. Avec Suzy, nous sommes partis chacun de notre côté. Dans son sac de plage accroché sur l'épaule, il y avait la serviette humide encore de son corps, dont il y avait quelques instants elle m'avait laissé contempler toute la beauté.

17

Un doux soleil printanier inondait la terrasse, pourtant c'est au fond du café le Centenaire, où je lui avais donné rendez-vous, que Ruth avait décidé de s'asseoir pour m'attendre. Elle m'avait téléphoné le matin même d'assez bonne heure pour me dire qu'elle était pour quelques jours à Paris.

C'est au musée Bonnat à Bayonne que j'avais fait l'été précédent la connaissance de Ruth. C'était pendant un de mes jours de congé de la colonie de vacances de Tarnos. Je ne connaissais pas Léon Bonnat, qui fut un des peintres les plus célèbres de la IIIe République et auquel la ville de Bayonne, d'où il était originaire, avait consacré tout un musée. Il faisait très chaud ce jour-là et je m'étais dit qu'il ferait très certainement plus frais dans ce musée qu'assis près d'un fronton de pelote basque où Guy, un autre moniteur, avait choisi de passer l'après-midi. Bien qu'arrêté un moment par l'impressionnante maîtrise technique de Bonnat, mais ne résistant pas à un certain accablement tellement cette peinture me paraissait représentative de l'académisme bourgeois, je finis par passer très vite devant toute une série de portraits officiels. Grâce à quoi je remarquai une jeune fille en sandalettes et queue de cheval qui semblait, par ses déplacements, exprimer les mêmes réserves. C'était Ruth. Elle m'avait vu sourire à une sorte de grimace qu'elle fit devant un tableau et c'est comme ça que nous avions fait connaissance. Et comme ça nous semblait un peu bête de nous quitter en nous serrant la main aussitôt sortis du musée, nous étions allés nous asseoir dans un petit bistrot situé sous les arcades de la rue du Port-Neuf.

« Et vous, qu'est-ce que vous faites ? Vous êtes en vacances ? » m'avait demandé Ruth après m'avoir dit qu'elle était allemande et étudiante en histoire.

Je lui ai parlé de cette colonie de vacances où, comme colon d'abord, puis comme moniteur, je venais depuis plusieurs années. Encouragée sans doute par ce que je lui disais des origines de cette colonie, Ruth, sans chercher à en savoir plus et comme si cela lui suffisait, me dit, presque avec précipitation, qu'elle était venue pour voir le camp d'internement de Gurs, mais qu'elle dormait à Bayonne parce qu'il y avait une auberge de jeunesse.

« Vous ne connaissez pas… si, vous connaissez

certainement le camp de Gurs, m'avait-elle dit voyant mon air étonné.

— Oui, j'en ai entendu parler, je sais que c'était un des camps du sud de la France pendant la guerre, mais je ne savais pas qu'il se trouvait pas loin de Bayonne. Mais ce qui me surprend, c'est que vous, vous le connaissiez. Comment vous le connaissez ce camp ? Et pourquoi voulez-vous le visiter ?

— C'est mon professeur d'histoire qui m'en a parlé. Il y avait été interné. Il avait fui l'Allemagne de Hitler avant la guerre et comme beaucoup d'antifascistes il était venu en France. Mais là, parce que ressortissant allemand, il a été interné dès 1939 au camp de Gurs où se trouvaient déjà des combattants de la guerre d'Espagne. C'est pour ça que j'ai envie de voir à quoi ça ressemble.

— On enseigne l'histoire des camps en France dans les universités allemandes ?

— Non, non, pas du tout. Il n'en est jamais question. C'est en dehors des cours que mon professeur m'en a parlé. »

Et Ruth, qui maîtrisait plutôt bien la langue française, m'avait raconté qu'elle avait rompu toute relation avec son père lorsque, concernant son comportement sous l'uniforme de la Wehrmacht, il avait refusé de répondre à ses questions sous prétexte que les enfants n'ont pas à juger leur père. Ses questions posées à son père lui étaient venues à la suite de la lecture d'un article paru dans une revue de sociologie. L'article, ironiquement intitulé « Souvenirs d'une occupation parisienne », avait pour auteur un architecte qui au début de l'année 1944 avait été enrôlé dans l'armée allemande à l'âge de dix-sept ans. Ruth était partie de chez elle, déclarant — avec un peu de grandiloquence m'avait-elle avoué — qu'elle ne remettrait les pieds à la maison que le jour où son père accepterait de lui dire comment il avait gagné toutes ses médailles. De tout cela, rompant avec son isolement, elle s'était ouverte à son professeur d'histoire, d'où sa présence en France.

« Ce que je ne supportais surtout pas, avait ajouté Ruth, c'était d'être tenue dans l'ignorance. À cause d'elle, je ne peux qu'imaginer le pire. C'est ce que mes parents ne veulent pas comprendre.

— Et vous pensez pouvoir un jour renouer avec votre père ?

— Je ne sais pas. Je ne crois pas, parce que l'obéissance est pour lui une valeur sacrée, lui-même ayant été éduqué d'une façon très autoritaire, cette autorité il ne peut pas accepter de la perdre. Surtout avec une fille. C'est pourquoi j'ai peu d'espoir de ce côté-là.

— Alors vous vivez comment ?

— Ma mère me donne un peu d'argent en cachette de mon père, et à part ça, je suis modèle.

— Modèle… pour des magazines ?

— Non, pas pour des magazines, je ne suis pas

assez mince pour ça. Non, dans une académie de peinture.

— Et vous posez…

— Nue, oui. Si c'est la question que vous vous posez. »

Je me suis tu un instant tout en ne pouvant empêcher ce temps à imaginer Ruth nue, puis représentée sur de multiples toiles ou papiers à dessin. Et puis, j'aimais ce qui l'avait conduite ici.

« Vous connaissez Franz Hessel ?

— Vous connaissez Franz Hessel ? »

Ruth avait été tellement stupéfaite de m'entendre prononcer le nom de Franz Hessel, qui selon elle, même en Allemagne, était presque inconnu, qu'elle avait répondu à ma question par la même question. Alors j'ai raconté *Jules et Jim*. Mes deux jours de tournage. Les trois baisers de Laura coupés au montage, mais taisant l'importance qu'eurent pour moi ces trois baisers. Le café Chez Victor. La table de bistrot sur laquelle Oskar Werner avait fait le portrait de Lucie. Jeanne Moreau. Le rendez-vous manqué. Et Ruth m'avait dit : « Je reviendrai, Bernard, et vous me montrerez le Paris de *Jules et Jim*. »

Ruth était donc revenue et elle m'attendait au fond du café le Centenaire. Avec l'autobus 96, qui, pour monter à Belleville, passait juste devant, je trouvais que c'était un bon endroit pour commencer notre déambulation.

Cette venue à Paris avait été précédée de l'envoi d'une carte postale représentant le zoo de Berlin et au verso de laquelle elle avait écrit :

« Franz Hessel :

Naissance à Stettin (nom allemand de Szczecin) en 1880.

Arrive à Berlin en 1888.

Fait la connaissance d'Henri Pierre Roché à Paris en 1906.

En 1913 se marie avec Helen Grund dont il avait fait la connaissance à Paris en 1912.

Traducteur de Stendhal, de Baudelaire et de Proust.

En 1920, parution de son roman *Pariser Romanze*.

En 1931, il rédige un portrait de Marlène Dietrich.

En 1940, il est interné au camp des Milles situé dans le sud de la France. Relâché au bout de quelques mois, il meurt le 6 janvier 1941 à Sanary-sur-Mer.

Et Ruth m'embrassait.

Dans l'autobus qui, dans la montée de la rue Oberkampf, nous emmenait à Ménilmontant, Ruth m'a précisé les raisons de sa venue en France. S'intéressant de plus en plus à l'histoire de l'art, et marquée à vie, disait-elle, par ce qu'elle apprenait petit à petit sur l'histoire des camps, elle avait pour projet d'aller voir le camp des Milles. C'est en faisant pour moi des recherches sur Franz Hessel qu'elle avait appris que, fuyant le régime nazi, Max Ernst, Hans Hartung, Hans Bellmer, Max Lingner et des dizaines d'autres peintres allemands et autrichiens avaient été internés dans ce camp au début de la guerre. On y trouvait encore, lui avait-on dit, certaines de leurs œuvres et en particulier de grandes peintures murales de Lingner. Elle était heureuse et émue aux larmes de commencer en autobus la visite de cet espace parisien. Dès qu'elle était montée sur la plate-forme, elle avait été renvoyée à un dessin de Lingner. C'était le dessin d'un autobus en tout point semblable à celui dans lequel nous avions pris place. C'était non pas le 96 mais le 85. Ce qui l'avait amusée dans ce dessin, c'était la présence d'un cycliste à casquette et pantalon de golf qui, sous le sourire des voyageurs, tenant de sa main gauche la rambarde de la plateforme, se déplaçait sans avoir à pédaler.

Max Lingner avait longtemps vécu à Paris.

Pour arpenter tous ces lieux promis, j'avais proposé de descendre à l'arrêt Julien-Lacroix situé juste devant le photographe de la rue de Ménilmontant. De là, sans m'arrêter devant l'immeuble où mon père avait travaillé, je suivais tout naturellement et sans aucun effort de mémoire les indications données par le souvenir que m'en avait laissé la rencontre avec Robert. Et refaire avec Ruth ce chemin entretenait en moi ce qui, je le savais maintenant, ne disparaîtrait jamais tout à fait.

Rue Vilin, devant le volet de Madame Rayda couvert de promesses de joies et de chagrins, Ruth me prit en photo. Elle y tenait absolument.

Le café de Nadine était fermé. Je le regrettais surtout à cause de la peinture que nous avait fait découvrir Anatole Jakowsky et qui aurait tant intéressé Ruth.

Elle fit d'autres photos : la boulangerie de couleur ocre de la rue des Envierges, la villa Castel, la villa Ottoz, l'atelier de *Casque d'or*, la passerelle de la rue de la Mare, et une plaque commémorative fixée à la grille de la rue de Ménilmontant surplombant les voies ferrées de la Petite Ceinture :

François Boltz 38 ans
Godefroy Louis 53 ans
Adjeman 50 ans
Et deux patriotes inconnus
morts le 23 août 1944
à la suite de l'attaque victorieuse des trains nazis.

Et la rue de Savies ponctuée de bornes moyenâgeuses en haut de laquelle se trouvait le regard de la rue des Cascades. Et enfin, de l'autre côté de la place des Fêtes, derrière la grille du fond de l'impasse Compans, l'espace bucolique où s'élevait le café Chez Victor. Sous le charme, Ruth fit une photo de l'estrade, puis de l'estrade une photo de l'est parisien. Les joueurs de boules étaient là, qu'elle n'osa pas photographier. L'homme aux cheveux blancs aussi était là, toujours à la même table, et qui referma son journal en nous voyant arriver. Je fis les présentations. Monsieur Victor s'approcha que je présentai aussi : « Monsieur Victor, le maître des lieux, Ruth, une amie. » Comme moi, elle commanda un chocolat, mais avec plus de lait.

Chez Victor, depuis le poème de Victor Hugo et *Le Temps des cerises*, j'y venais régulièrement.

J'avais beaucoup appris de l'homme aux cheveux blancs.

« Ce bistrot, m'avait-il dit le jour de notre première conversation, j'y viens aussi parce que c'est un des derniers endroits à Paris où on peut se réveiller au chant du coq.

— Vous dormez ici parfois ?

— Non, je dors chez moi, et je ne suis jamais venu assez tôt pour l'avoir entendu. Mais il me suffit de le savoir pour y venir. »

J'avais profité de ma venue avec Ruth pour lui rapporter l'exemplaire de l'*Histoire de la Commune de 1871* de Lissagaray qu'il m'avait prêté. Je l'avais protégé en le couvrant de papier cristal parce que c'était une édition rare, pratiquement introuvable, publiée par la Librairie du Travail en 1929. En le feuilletant machinalement, il en fit tomber une feuille manuscrite glissée dans la page de garde et que j'avais oublié de reprendre. « Ça doit être à vous », me dit-il en me la tendant sans la lire.

Du livre, nous n'avons pas parlé, remettant ça à

plus tard. Parce qu'elle était allemande, il était curieux de la curiosité de Ruth. Lorsque au moment de partir elle lui demanda l'autorisation de le photographier, il acquiesça d'un sourire.

« En 14, j'ai été blessé dès les premiers jours de la guerre, dit-il dès qu'il entendit le déclic, et en 40, j'étais déjà trop vieux pour la faire. Et voilà que c'est en photo que je vais aller en Allemagne. Moi, je trouve ça bien. C'est plus pacifique comme ça. »

Et lorsque Ruth lui demanda où elle devait lui envoyer la photographie :

« Vous l'enverrez à Bernard, il sait où me trouver. Autrement dit, ici, sauf le dimanche. »

« Je me demande bien comment il vous a parlé de moi, Bernard, en vous emmenant ici, avait-il dit à Ruth après les présentations. Il a dû vous dire que j'étais quelqu'un qui vivait dans le passé. C'est vrai qu'on en parle beaucoup du passé tous les deux, bien que ce ne soit pas le même. À cause de la différence d'âge bien sûr, mais pas seulement. Les événements, on ne les subit pas tous de la même façon. Il vous a peut-être raconté ça, Bernard, même s'il n'aime pas trop en parler. Moi, ce qui m'épate c'est qu'il aime les mêmes chansons que moi. En général c'est par les chansons qu'on écoute qu'on distingue les générations, mais lui, les chansons d'Aristide Bruant par exemple, il les connaît par cœur, pourtant ça faisait quinze ans qu'il était mort Bruant quand Bernard est né. Moi aussi j'aime beaucoup Bruant, mais ma chanson préférée c'est *La Butte rouge* de Montéhus. Elle date des années vingt. Tiens, le refrain ça marche comme ça :

La Butt' rouge, c'est son nom
L'baptême s'fit un matin
Où tous ceux qui montaient
Roulaient dans le ravin...

Aujourd'hui, y'a des vignes,
Il y pousse du raisin...
Qui boira ce vin-là
Boira l'sang des copains.

Je n'en revenais pas. C'était la première fois que j'entendais chanter l'homme aux cheveux blancs, lui qui pouvait rester des heures à écouter sans parler. Même Monsieur Victor s'était arrêté de servir pour l'écouter.

« La Butte rouge, c'était pas ici, c'est de l'autre côté de Paris. Mais ça aurait pu être ici, à Belleville, parce que Belleville c'est une terre qui a vu couler le sang de ceux qui venaient de tous les coins de l'Europe. "C'est Belleville qui sauvera l'Europe", avait dit un orateur au moment de la Commune. Bon, c'était naïf et pas très réaliste, mais on pouvait l'entendre autrement. C'est que ceux qui par familles entières ont quitté l'Italie, la Pologne, l'Arménie ou la Russie, avaient quitté leur pays pour la France, mais c'est Belleville qui les a accueillis. »

Et l'homme aux cheveux blancs ne s'arrêta plus. Et, cette fois encore, il parla de la Commune de Paris. Des derniers combats de la rue Ramponneau. De la prise du Père-Lachaise. Du Mur des Fédérés. Mais aussi du temps où, pour enlever la fatigue de la semaine, il venait là avec son épouse danser le musette et le tango lorsque chez Victor on faisait guinguette le samedi soir. « Vous connaissez le tango ?

Ah ! c'que les femmes ont pu me plaire
Et c'que j'ai plu !... J'étais si beau !
Faudrait pouvoir fair' marche arrière
Comme on l'fait pour danser l'tango !

C'est de Caussimon. Jean-Roger Caussimon. Un poète. C'est toujours beau, la poésie. Un jour, j'ai compris que je lui devais tout. Parce qu'avec la poésie, on peut tout dire. Il suffit de prendre rendez-vous. De connaître la langue française aussi bien que vous la connaissez, Mademoiselle, ça aussi c'est beau. Et c'est pour ça qu'il faudra revenir, parce qu'une langue, ça bouge tout le temps. Une langue, c'est bien de l'apprendre, de l'étudier, mais il faut la vivre aussi. Une langue vécue, elle est plus bruyante, et la rue c'est un bon endroit pour l'entendre. Par exemple, si je pouvais faire marche arrière, comme vous j'aurais vingt printemps. Mais ça on ne peut pas le faire. Alors quand mon temps s'est multiplié par trois, ça m'a fait soixante balais. Quand je les ai eus, si on m'avait dit que j'avais soixante printemps, j'y aurais vu une faute de vocabulaire parce que, avec le temps, les années changent de nature. Un jour, peut-être, j'aurai quatre-vingts berges. Enfin, j'espère y arriver. Pour mon petit-fils surtout. Le temps qu'il se souvienne qu'il a eu un grand-père. Vous voyez, on a beaucoup parlé du passé, à cause de la nostalgie. La nostalgie c'est bien parce que ça rend présent ce qui n'est plus. Mais le présent justement, c'est mon petit-fils qui m'a appris à l'aimer. Parce que chaque jour il fait ce qu'il ne faisait pas la veille et qu'il ne fera peut-être plus le lendemain. Quand il s'est mis à marcher à quatre pattes, il allait aussi vite que moi debout. Maintenant qu'il marche debout, il ne se déplace plus jamais à quatre pattes, comme s'il ne s'en souvenait pas. Alors je suis content d'en avoir profité. Pour parler, c'est pareil. Il aime beaucoup les yaourts. Il les appelle nanouth. Alors on se garde bien de rectifier parce qu'un jour il dira yaourt comme tout le monde et ça ne sera plus pareil.

— Il a quel âge votre petit-fils ?

— Il vient d'avoir vingt et un mois. »

Remuée par des souvenirs qui n'étaient pas les siens, Ruth, en sortant, monta sur l'estrade. Devant elle, cet espace parisien, si plein de présence humaine, trop vaste pour en prendre possession, semblait redire tout ce qu'elle venait d'entendre.

« Il s'appelle comment ce monsieur ?

— Je ne sais pas. Lorsque je l'ai demandé à Monsieur Victor, il m'a répondu : "Son prénom c'est Jules, comme Vallès."

— Vallès ? C'est qui Vallès ?

— Vallès… c'était un journaliste et un écrivain. Mais pas un de ceux que le Jules et le Jim de Henri Pierre Roché auraient pu fréquenter. Ce Jules-là a toujours été un insurgé. Il avait fondé un journal, *Le Cri du Peuple*, et il avait été nommé membre de la Commune. Après leur victoire, les Versaillais l'avaient condamné à mort mais il avait trouvé refuge en Angleterre, d'où il n'est revenu qu'après l'amnistie de 1880. Je viens de commencer à lire une trilogie qu'il avait écrite et qui n'a été publiée qu'après sa mort.

— Ça fait trois Jules alors, a dit Ruth en riant, et celui qu'on a vu, qu'est-ce qu'il faisait comme métier ?

— Il était dans les métiers de la chaussure comme beaucoup de ceux qui habitent ce quartier. D'ailleurs, la plupart de ceux qui habitent les XIe, XXe et XIXe arrondissements sont des petits artisans. Dans le livre que je lui ai rendu, j'ai lu qu'on avait dénombré près de trois mille communards travaillant dans l'industrie du bois. »

Ruth, qui après chaque réponse ressentait le

besoin d'en savoir davantage, lorsqu'elle craignait d'entendre dans une réponse qu'il y aurait quelque chose de ce qui peut-être ne pouvait pas tout à fait se dire, précédait sa question d'un silence qu'elle essayait de combler en regardant autour d'elle.

« C'est possible de savoir ce qu'il y avait sur la feuille qui était restée dans le livre ? me demanda-t-elle en regardant ses pieds. À moins que ce ne soit trop personnel ? et elle leva son visage vers moi.

— Non, ce n'est pas personnel. Enfin, disons que c'est pour des raisons personnelles, mais je peux vous le dire puisque c'est quelque chose que j'avais recopié du livre. »

J'ai sorti la feuille que j'avais pliée dans ma poche et sans m'arrêter de marcher, j'ai lu lentement :

« Les Versaillais égorgent dans Paris et Paris l'ignore. La nuit est bleue, étoilée, tiède, chargée des parfums du printemps. Il y a foule au théâtre. Les boulevards ruissellent de vie. »

Ce texte de Lissagaray, je l'avais recopié parce qu'en le lisant, je m'étais demandé, comme si l'Histoire se répétait, ce que Paris que j'aimais tant, ce Paris qui avait vu, oui, je m'étais demandé ce que Paris avait fait lorsque au matin du 16 juillet 1942, plus de treize mille hommes, femmes et enfants juifs furent arrêtés. Et je ne cessais de me demander si cette « ignorance » n'était pas l'écho de celle que Lissagaray avait décrite voici près d'un siècle. Peut-être que j'exagérais, mais peut-être est-ce aussi la raison pour laquelle mon cœur est atteint chaque fois que la Commune de Paris est évoquée.

J'en ai dit quelques mots à Ruth. Après, il y eut encore quelques questions hésitantes. Il y en eut certainement qui furent silencieuses. Et d'autres qui ne le furent pas :

« Et le “Mur des Fédérés” dont a parlé Monsieur Jules, qu'est-ce que c'est ?

— C'est un mur contre lequel les Versaillais ont fusillé les derniers défenseurs de la Commune et qui se trouve au cimetière du Père-Lachaise. Tous les ans encore, à la fin du mois de mai, on défile devant pour commémorer l'événement. »

C'est parvenus sur le boulevard de Belleville que s'allumèrent les réverbères projetant leur lumière sur les arbres encore dénudés. Autrefois, avant que j'aille régulièrement au café Chez Victor, cette simultanéité aurait renforcé le sentiment que j'entrais dans le véritable territoire parisien.

L'été précédent, Ruth m'avait dit : « Je reviendrai, Bernard, et vous me montrerez le Paris de *Jules et Jim*. Elle était revenue, et je prenais conscience, descendant la rue Oberkampf, que le Paris que nous voyions n'était pas le Paris promis mais celui du tournage du film de Truffaut. L'autre, celui du roman, se trouvait plutôt du côté de Montparnasse, ce lieu auquel je ne suis lié par aucun souvenir.

Et puis qu'aurions-nous vu au Dôme ou à la Coupole ? Qui aurions-nous rencontré ? Craignant de voir Ruth déçue, je pensais devoir lui donner quelques explications, lorsque, gagnée, plus que je ne l'aurais cru, par ce qu'il lui avait été donné de voir et d'entendre, elle me demanda s'il serait possible de voir ce « Mur des Fédérés » que Monsieur Jules, l'homme aux cheveux blancs, avait évoqué avec émotion.

Alors le lendemain — un dimanche — nous nous étions retrouvés au cimetière du Père-Lachaise à l'entrée dite « porte des Amandiers » parce que c'était la plus proche d'une station de métro. Mais comme le Mur des Fédérés se trouvait dans la diagonale à l'autre bout du cimetière, nous avions encore, à travers les allées, un bon bout de chemin à faire pour y aller.

Les cimetières — enterrements et manifestations mis à part —, j'y vais quelquefois. Je ne sais pas trop pourquoi. Là encore, avec Ruth, je ne savais pas trop ce que nous étions en train d'accomplir. Elle n'avait pas pris son appareil photo. Par délicatesse ? Elle le regretta d'abord, avant de ne plus y penser. Son regret venait des tombes, ou plutôt des noms gravés sur les tombes auxquels elle ne s'attendait pas. Dans l'entrelacement inextricable des sépultures d'inconnus, que de noms célèbres ! Des peintres célèbres ! Corot, Daumier, Delacroix, Géricault, Ingres, Pissarro, Modigliani.

Modigliani que Roché et Hessel avaient probablement connu vivant. Et, comme s'il n'y avait pas de hasard, tournant le dos à la tombe de Seurat, celle de Vallès. Un des trois Jules. L'Insurgé était ici représenté en buste sculpté. Avec barbe et moustache.

Le hasard encore. Ou coïncidence. Ou bien quoi ? Arrêtée devant la tombe de Frédéric Chopin, Ruth ne me vit pas sursauter. Tout près, devant moi, ces mots gravés :

Ici repose Ginette Neveu et son frère Jean
victime de la catastrophe aérienne des Açores
Le 28 octobre 1949

Ici repose ? D'abord pourquoi ce singulier à « repose » et à « victime » puisqu'ils sont deux ? Une fois le nom inscrit sur la pierre, un mort ne vaut-il pas un autre mort ? Et puis surtout, si ces deux-là reposent ici, au Père-Lachaise, Leizer, le père d'Alex, qui était dans le même avion, où repose-t-il ?

Mais je n'ai pas eu le temps de me dépêtrer de cette coïncidence. Ruth m'appelait : « C'est par où ? », me détachant de ces morts ou de ce qu'il en restait.

C'était plus haut. Dix minutes encore et nous y étions. Un long mur de pierre et une simple plaque : « Aux morts de la Commune, 21-28 mai 1871 ».

« Il y a eu combien de fusillés ici ? m'a demandé Ruth.

— Ici, je ne sais pas exactement. Mais on dit que durant ce qu'on a appelé la "Semaine sanglante" il y aurait eu 20 000 victimes. »

Derrière nous, face au mur, il y avait, je m'en souvenais, la tombe de Jean-Baptiste Clément, que, pour sa ressemblance avec Monsieur Jules, je voulais absolument montrer à Ruth. Il était l'auteur non seulement du *Temps des cerises*, mais de *La Semaine sanglante*, chanson dédiée aux fusillés de cette semaine du 21 au 28 mai 1871.

Mais Ruth ne paraissait plus m'écouter. Et ce qu'elle regardait, ce n'était pas Clément, c'était derrière lui, de l'autre côté de ce qui s'appelle avenue Circulaire, parce que bien qu'à peine plus large qu'un chemin, cette dite avenue entoure le cimetière du Père-Lachaise sur sa presque totalité. Derrière — je n'y avais plus pensé lorsque Ruth, la veille, m'avait demandé de voir le Mur des Fédérés —, derrière, il y avait des monuments. Quatre monuments érigés à la mémoire des déportés victimes des camps de concentration et d'extermination. Auschwitz-Birkenau. Ravensbrück. Neuengamme. Mauthausen.

Le Mur des Fédérés et ces quatre monuments se faisaient face et Ruth le découvrait. Alors, sans bouger de place, elle chercha ma main. Pour qui ? Pour elle ? Pour moi ? Elle était face à ce qui, dans son pays, celui où elle était née, où elle avait grandi, ne se nommait pas, ne s'apprenait pas en classe. Alors, parce que c'est seulement ce qu'elle pouvait faire, elle m'avait pris la main. Elle ne me regardait pas, je le savais. Moi non plus je ne la regardais pas et ma main aussi tenait la sienne. Nous avons fait quelques pas sans nous lâcher. Nous ne disions rien. Que dire de plus que ce que pouvaient dire ces monuments sur lesquels aucun nom n'était gravé. C'était dans un cimetière parisien une bande de terre dans laquelle personne ne reposait. Ces monuments étaient là pour qu'on s'en souvienne, et peut-être, alors que je n'y pensais pas encore, Ruth venait d'apprendre pourquoi elle était venue.

C'est en silence que nous avons poursuivi notre chemin, essayant sans y parvenir à penser à autre chose. L'occasion nous en fut donnée par un groupe de touristes qui, sur notre gauche, fleurissait une tombe. La curiosité, s'ajoutant à notre désir d'être distraits de nos pensées, nous encouragea à aller voir. C'était la tombe de Marcel Proust à qui des Japonais de passage à Paris venaient rendre hommage.

L'un d'eux qui parlait le français nous expliquait que c'était un devoir pour eux, et un honneur de venir fleurir la tombe d'un écrivain auquel ils vouaient un véritable culte. Il fut brusquement interrompu par une voix féminine qui clamait son indignation :

« J'en ai marre de Proust ! J'en ai marre de Proust ! »

Vêtue d'un long manteau sombre à capuche, la femme qui s'exclamait ainsi marchait à grands pas dans une allée parallèle, ne regardant que l'endroit du sol où se posaient ses pieds.

« Elle vient tous les matins, nous a expliqué un gardien du cimetière auprès de qui, un peu plus tard, nous nous étions renseignés. C'est son fils qui l'amène avant d'aller à son travail et c'est un autre membre de la famille qui vient la chercher à l'heure du déjeuner. Pendant tout ce temps elle marche de long en large dans toutes les allées en donnant du pain aux oiseaux et des coups de pied aux chats.

— Mais pourquoi elle en a après Proust ?

— Pas spécialement après Proust. Une fois c'est lui, une autre fois c'est Balzac, une autre Sarah Bernhardt, c'est chaque fois qu'il y a du monde autour de la tombe de quelqu'un de connu. On n'a pas plus d'explications. Mais comme elle n'est pas plus agressive que ça, on n'y fait plus attention.

— Mais pourquoi son fils l'amène-t-il au cimetière ? Elle ne serait pas mieux dans un jardin comme les Buttes-Chaumont ?

— On avait pensé comme vous au début. On en avait même parlé à la famille. Mais c'est elle, paraît-il, qui veut venir ici. Sûrement qu'elle connaît plus de monde chez les morts que chez les vivants des Buttes-Chaumont. En tout cas, avec les autres gardiens, c'est ce qu'on s'est dit. »

Nous sommes allés à la Chope des Puces pour manger des frites en écoutant du jazz manouche. C'était bien pour Ruth qui aimait les deux. C'était bien parce que c'est l'autobus 85, celui que Max Lingner avait dessiné, que nous avions pris pour aller aux Puces de Saint-Ouen. Appuyée sur la rambarde de la plate-forme, Ruth regardait le flot des passants qui, sur le trottoir du boulevard Barbès et du boulevard Ornano, se dirigeait vers la porte de Clignancourt.

Après les frites et les guitaristes manouches, nous avons entrepris de remonter la rue Paul-Bert, où, sur des étalages de fortune, attendait ce qui un jour avait probablement été précieux pour quelqu'un. À vouloir absolument ne rien perdre de tout ce qui s'offrait à son regard, Ruth ne voyait rien. Moi, je cherchais un souvenir à lui offrir. Avec difficulté parce que je ne savais pas lequel. C'est le hasard, auquel je ne croyais pourtant pas beaucoup puisque l'œil ne voit généralement que ce qu'il cherche, qui cette fois s'en est chargé. Sur un lit de camp de l'armée américaine, il y avait un petit livre cartonné de couleur jaune. Sur la couverture se trouvait la photographie d'un homme à moustaches comme on en rencontrait chez Monsieur Victor. C'était un livre de photos de Robert Doisneau. Je l'ai ouvert et j'y ai lu ceci : les textes des pages 21 à 24, 43 à 48, 59 à 66 et 111 à 122 sont de Robert Giraud. Je l'achetai aussitôt. En le feuilletant, je suis allé rejoindre Ruth penchée sur une série de vieux porte-plumes, et je lui ai demandé d'écouter ce que j'allais lui lire :

« La véritable attraction du bistrot, nous voulons parler du bistrot de quartier, est autre chose pour l'habitué. Une heure à perdre après le travail, avant de rentrer à la maison, se passe avec les amis que l'on retrouve toujours au même endroit, autour du même comptoir, de la même table. Tout le monde se connaît, tout le monde se tutoie, on est chez soi. »

J'ai refermé le livre et l'ai offert à Ruth. Et tout naturellement nous nous sommes tutoyés.

Le soir, après que Ruth fut passée prendre son sac à dos et son appareil photo à son hôtel, nous nous sommes retrouvés à la gare de Lyon. Sur le quai, avant de nous dire au revoir, et alors que l'idée d'aller en Allemagne ne m'était jamais venue à l'esprit, elle m'invita à venir passer quelques jours à Berlin.

« Quelques jours à Berlin ? Mais pourquoi ?

— Pas pourquoi. Pour moi. »

Là-dessus, elle posa un baiser rapide sur mes lèvres et sauta dans le train.

*

C'est plusieurs semaines après le départ de Ruth que j'ai décidé d'aller voir le camp de Drancy, ce camp d'internement d'où partaient les convois pour Auschwitz.

Bien que les deux jours que nous avons passé ensemble n'aient certainement pas été étrangers à cette décision, ce n'était pas sous son impulsion. Les raisons d'aller à Drancy ne manquent pas.

Qu'y avait-il encore à voir ? Comme sur les photographies que l'on connaît, les blocs immobiliers en forme de U au centre desquels il y a un grand espace où devaient se tenir les rassemblements étaient maintenant habités. Il y avait même des rideaux aux fenêtres.

Par où commencer ?

J'avais été attiré par quelques personnes qui de loin ne me paraissaient pas être des locataires de ce lieu. Je m'approchai. Un photographe donnait des indications à un homme d'une cinquantaine d'années appuyé sur une des colonnes de la galerie. Son appareil au cou, le photographe essayait d'orienter la tête de l'homme en le tenant par le menton et lui expliquant que c'était mieux pour la lumière.

« Ne me touchez pas ! cria l'homme tout à coup. Ne me touchez pas ! Si vous voulez faire des photos, faites des photos ! Mais ne me touchez pas ! Vous voulez faire de la mise en scène ? Alors, allez faire de la mise en scène ! Mais pas avec moi ! Moi, je ne suis pas un acteur. Je vais où je veux, et où je peux. C'est tout !

— Mais ce que je fais c'est les photos qu'on me demande de faire. Et c'est ce que les gens veulent qu'on me demande de faire.

— Parce que vous savez, vous, ce que les gens veulent ? Et les gens, est-ce qu'ils savent seulement ce qu'ils veulent ? Vous êtes photographe ? Alors faites les photos que vous avez envie de faire. Vous ! Seulement vous ! Vous voulez vous mettre dans la tête des gens maintenant ? Et quels gens ? Moi, je ne les connais pas les gens. Alors écoutez bien : moi je vais continuer à aller où je veux, et si je veux aller nulle part, j'irai nulle part et vous vous démerderez avec ça ! Et surtout, surtout ne me touchez pas ! »

Je me suis éloigné.

Un autre groupe arrivait. Une dame entourée d'adolescents. Elle leur racontait que beaucoup d'enfants de moins de quatre ans, transférés des camps de Pithiviers et de Beaune-la-Rolande, ne savaient pas leur nom. Je me suis souvenu alors que ma mère, dès qu'Alex sut dire quelques mots, lui disait sans cesse : « Répète après moi : je m'appelle Alex Zygelman, je m'appelle Alex Zygelman. » J'ai, paraît-il, moi aussi, appris très tôt à dire le mien : Bernard Appelbaum.

18

J'ai menti à ma mère. Je ne lui ai pas dit que j'allais à Berlin. Il m'avait suffi de l'entendre me demander un jour si j'avais des nouvelles de « mon » Allemande pour que je sache à quoi m'en tenir.

Elle m'avait vu lire les lettres que Flaubert écrivit de Croisset à Louise Colet et j'avais imaginé de lui dire que ces lettres, je les goûterais mieux en allant passer deux, trois jours du côté de Rouen, là où Flaubert avait écrit l'essentiel de son œuvre. Ce mensonge n'en était pas tout à fait un, puisque ce voyage j'en avais la curiosité. Je savais bien qu'en dehors du petit pavillon au bord de l'eau rien n'était plus comme avant, que la maison avait été détruite, mais que tout de même c'était là, ce lieu était encore un peu Flaubert et allait peut-être me montrer quelque chose de ses lettres.

Comme pour Roger Vailland, c'est à la suite d'une émission de télévision que Pierre Dumayet avait consacrée à Gustave Flaubert que je devais d'avoir lu cette correspondance.

« Quand nous pensons à un ami nous nous rappelons sa voix, avait dit Dumayet. Pour nous qui aimons lire ses œuvres, Gustave Flaubert est comme un ami. Certes, nous ne connaissons pas sa voix. Mais sa façon de parler, sa spontanéité, nous la trouvons dans les lettres qu'il a écrites. »

Je pensais souvent à Ruth, je me rappelais bien sa voix, et j'avais très envie d'aller la voir. Il s'est pourtant passé plusieurs mois avant que je prenne la décision de répondre à son invitation. Pas seulement pour ne pas peiner ma mère qui n'aurait pas compris que j'aille dans un pays où on ne parle que l'allemand et à qui il me suffisait de raconter une autre histoire, mais parce que je savais qu'il me serait difficile, lorsque dans les rues de Berlin il m'arriverait de croiser un homme de plus de quarante-cinq ans — c'est-à-dire souvent —, de ne pas l'imaginer revêtu de l'uniforme de la Wehrmacht.

Ma mère, je le savais, ne m'aurait fait aucun reproche, mais j'avais préféré lui mentir que de la laisser le cœur serré.

Alors Berlin.

Ruth m'attendait à la gare, souriante, légèrement en retrait. Cette gare, toute proche du zoo, je me suis dit qu'elle ne pouvait être que celle où la famille Ophuls, et tant d'autres, s'étaient engouffrées afin de fuir l'Allemagne nazie.

Le sourire de Ruth était rassurant. Il me consolait de la présence dans mon compartiment de deux hommes en culottes de cuir tyroliennes. Montés dans le train je ne sais où — je devais dormir —, je ne comprenais rien, malgré ma connaissance du yiddish qui m'était généralement d'une grande aide, à ce qu'ils racontaient.

Ruth n'habitait pas très loin de la gare. À une dizaine de minutes à pied. Dans la Knesebeck Strasse, pas très loin du Kurfürstendamm où nous nous sommes arrêtés pour prendre un café surmonté de crème chantilly et accompagné d'un gâteau impressionnant de hauteur, le double au moins de ce que proposaient les pâtisseries parisiennes.

Une fois arrivés chez elle — un petit studio appartenant à une amie de sa mère et situé au dernier étage d'un immeuble plutôt cossu —, elle me proposa, une fois débarrassé de mon sac de voyage, soit de me reposer, soit me promener. Au zoo, par exemple, qui, selon elle, valait la peine d'être vu. Elle avait, de son côté, un rendez-vous important qui lui prendrait environ deux heures et qu'elle n'avait pas réussi à annuler. J'optai pour le zoo où elle m'accompagna, et, n'ayant en poche que de l'argent français, elle me remit quelques marks au cas où.

Passant rapidement devant les oiseaux de proie pour lesquels je n'avais aucun attrait, négligeant le bâtiment qui abritait les reptiles dont je n'ai jamais compris l'intérêt que leur accordent ces espèces d'originaux collectionneurs qui, paraît-il, dès rentrés de leur travail, s'amuseraient à les porter en écharpe, je cherchai et trouvai les singes enfermés dans leurs hautes cages. Depuis tout petit, je pouvais passer des heures à les regarder voltiger et décortiquer toujours avec la même concentration les cacahuètes que je leur lançais.

Je m'attardai devant le spectacle d'un petit chimpanzé que sa maman tentait d'épouiller et qui s'échappait dès qu'il se sentait moins tenu. Sautant de branche en branche sur un arbre en ciment sculpté à cet effet, il était poursuivi et chaque fois rattrapé par sa mère. Les enfants, venus nombreux les regarder, n'avaient pas tardé à s'identifier à ce bébé chimpanzé qui avec une agilité inouïe voletait dans un espace de liberté dont les grilles aménagées avaient fixé les limites.

Près de moi, une dame âgée, chapeau tyrolien agrémenté d'une plume, la grand-mère sans doute d'un enfant qu'elle tenait fermement par la main, semblait au contraire s'identifier à la maman chimpanzé. Visiblement agacée, malgré ses dents serrées, je l'entendis nettement dire à son petit-fils : « Er will nicht hören, der kleine Kerl, er will nicht hören ! » (il ne veut pas écouter ce petit garnement, il ne veut pas écouter !), et elle serrait si fort la main du petit garçon qu'il n'osait pas prendre le risque de participer à la joie générale.

Mon attention fut soudain détournée par

quelque chose qui se passait du côté des gorilles. Deux gardiens, inflexibles, maintenaient, chacun par un bras, une jeune fille au visage rond, les joues enflammées, seize ans à tout prendre, qui me sourit au passage lorsqu'elle fut emmenée vers la sortie.

Cette jeune fille, je la reconnus : un peu plus tôt, du côté des lions, elle m'avait adressé la parole, dans laquelle je compris qu'elle me disait qu'il faisait plutôt beau pour un mois d'octobre.

Du côté des grands singes, dans l'agitation générale, j'appris que, soulevant sa jupe, elle avait montré ses fesses à deux gorilles mâles qui, se grattant la tête, n'en demandaient peut-être pas tant.

Je me demandais ce qu'on allait bien lui reprocher. D'avoir considéré ces grands singes comme des humains ? Pourtant, un reportage récent avait bien compté les gorilles parmi les habitants du Congo.

Cette aventure, Ruth s'en amusa beaucoup lorsque je l'ai retrouvée chez elle un peu plus tard alors qu'elle préparait le dîner.

Le lit aussi était là qui nous attendait, et nous étions heureux de nous y retrouver. Il s'était passé plus d'un an depuis ce qu'en quelques instants nous avions appris l'un de l'autre et qui nous avait tant rapprochés. Enlacés, ne disant plus rien, nos regards étaient souriants et tout un temps fut consacré aux caresses. Caresses d'amour, caresses de tendresse. Rien ne laissait prévoir que mon corps n'obéirait pas. Ruth le comprit avant moi. Elle laissa couler ses larmes que je couvrais de baisers. Je regardais son corps que le mien refusait. Je n'en connaissais pas de plus harmonieux. Quelle part de moi-même faisait obstacle à mon désir ? Quelle mémoire à l'intérieur de mon corps en était la cause ? Ruth se mit à grelotter, puis se calma. Et nos corps restèrent ainsi jusqu'au matin, enlacés dans la même émotion. Il faisait jour lorsque je quittai le silence du lit, me retirant de la douceur de ses bras.

Levée à son tour, Ruth prépara le café. Pendant que je coupais quelques tartines d'un pain lourd et noir, elle passa derrière moi. Elle appuya doucement sa tête sur mon épaule et ses cheveux caressèrent ma nuque, mais je n'osais pas me retourner. Nos larmes seraient revenues et je ne voulais plus les voir couvrir son visage. Le café que nous avons bu en silence nous fit du bien.

Une heure plus tard, nous donnant la main, nous marchions dans Berlin. Nous avons beaucoup marché. Ruth voulait me montrer le mur, et voir l'endroit de la Bernauer Strasse où le lundi précédent une évasion collective spectaculaire de cinquante-sept personnes avait eu lieu. Elles avaient creusé un tunnel d'une longueur de 145 mètres et à 12 mètres de profondeur débouchant près de la boutique d'un immeuble aux fenêtres murées. Retraversant une partie du Tiergarten où la veille j'avais vu les animaux, il nous fallut plus de deux heures pour y parvenir. C'était le premier dimanche depuis l'évasion, et ce lieu, du coup, était devenu un but de promenade pour les Berlinois de l'Ouest. Plusieurs dizaines de personnes étaient déjà là, attendant leur tour pour se pencher au-dessus de la sortie du tunnel. Devant nous, il y avait même une femme poussant un landau dans lequel dormait son bébé. Je remarquai, au-dessus des têtes, fixées au mur de la boutique fermée, des lettres majuscules en relief formant le mot « Kuchen » (gâteau). Près de la Heide Strasse, nous avons déjeuné d'une nourriture que je connaissais : Wienerschnitzel et Strudel. Ruth aurait souhaité aussi me montrer « Checkpoint Charlie », ce point de passage réservé aux Alliés, aux diplomates et aux étrangers, mais il était déjà tard et nous sommes rentrés en longeant le canal.

Ce fut un moment difficile. Nous osions à peine parler. Notre rencontre était une belle rencontre et nous ne voulions pas nous séparer.

Cette fois-ci c'est moi qui prenais le train, et il fut tendre, le baiser que nous avons échangé sur le quai. Et douloureux. Comme la nuit si injuste dont nous voulions guérir. Nous nous reverrons Ruth, je te le promets. Ici ou à Paris. Mais nous nous reverrons.

19

J'ai un souvenir précis. Une année, Madame Saclier, la gardienne de la cité Crussol, nous monta le courrier assez tard dans l'après-midi alors qu'elle nous le remettait habituellement en début de matinée. Elle revenait d'un déjeuner qui avait suivi l'enterrement de Monsieur Saclier, son mari.

« Maintenant je suis comme vous ma p'tite dame, avait-elle dit à ma mère, ça fait le deuxième que je mets à Pantin. »

Ce souvenir en a fait resurgir un autre plus ancien que j'ai du mal à situer dans le temps. Il concerne une obsession d'Alex. Que maman arrive un jour à la maison avec un troisième homme, c'était ça son obsession. Et il l'appelait « le troisième homme ». Comme le film avec Orson Welles. Sa logique, selon lui imparable, était la suivante : maman avait épousé un homme, mon père, ils avaient eu un enfant, moi, et cet homme était mort lorsque j'ai eu deux ans. Puis elle avait épousé un autre homme, son père. Et cet homme aussi était mort lorsque son fils, lui, Alex, avait également eu deux ans. Alors avec un troisième il ne pouvait en être autrement. Ensemble, ils auraient un fils. Après quoi, lorsque ce fils aurait deux ans, son père, troisième mari de maman, mourrait inévitablement de mort violente. Et à son tour, ce petit frère (puisque ça ne pouvait être qu'un garçon) ne se souviendrait pas non plus de son père. Et pour Alex, c'était insupportable.

Il s'en était ouvert un soir que maman était à la chorale, et cette absence qu'il acceptait difficilement l'avait amené à m'en parler. Je crois que je lui ai parlé d'une voix calme. Que je lui ai dit qu'il ne fallait pas qu'il s'inquiète. Que maman était heureuse comme ça avec ses deux garçons.

À cette époque, j'ignorais encore l'existence des photographies stockées dans la fameuse boîte à chaussures. Ce soir-là, confortablement assis, les photos étalées sur la table, je crois qu'ensemble nous les aurions regardées. Nous aurions essayé de comprendre tout ce qu'elles racontaient. Je lui aurais montré la photo où deux copains, son père et le mien, assis dans l'herbe, regardaient la femme dont ils étaient amoureux et qui les photographiait. Et que cette femme était notre mère.

Cette boîte, pleine de photographies, découverte après la projection de *Jules et Jim*, je l'ai souvent ouverte depuis. Une photo m'intriguait. Celle de mon grand-père avec sa casquette à rayures et son étoile jaune cousue sur le côté droit de la poitrine. Ce qui m'intriguait, c'était justement que l'étoile soit cousue sur le côté droit alors que j'avais appris depuis que c'est sur le côté gauche de la poitrine que les Juifs étaient contraints de la porter. Pour les Juifs de Pologne, beaucoup plus nombreux, les ordres étaient-ils différents de ceux donnés aux Juifs du reste de l'Europe ?

C'est une photo de Fats Waller vue sur la couverture d'un numéro du magazine *Jazz Hot* qui m'a donné ce qui pourrait être une réponse. La poche poitrine, d'où sortait spectaculairement une pochette, se trouvait sur le côté droit de la veste de Fats Waller et les boutons étaient cousus, eux, sur le côté gauche au lieu du côté droit. J'en conclus que pour un problème de mise en page, la photographie avait été tirée à l'envers. C'est selon toute vraisemblance, mais pour une raison inconnue, ce qui était arrivé à la photographie de mon grand-père. Par l'attention qu'on y porte, dans toute photographie chaque détail devient important.

Ces photographies, bien qu'irrégulièrement regardées, me renvoyaient chaque fois à ce samedi où, devant des centaines d'images exposées pêle-mêle, j'avais fait la connaissance d'Odile. Et je ne me consolais pas de savoir ces images abandonnées qui s'effaçaient de la vie, qui étaient séparées de ceux qu'elles représentaient et, chassées de la mémoire de ceux qui devaient en être les gardiens, étaient venues s'échouer sur les trottoirs de Saint-Ouen.

Mémoire affective. Mémoire involontaire. J'étais en proie aux souvenirs que je croyais avoir oubliés. De quelque côté que je me tourne, ils s'appellent l'un l'autre. Ils s'infiltrent dans une sorte de brèche et réapparaissent. Et tout à la fois, je sais que j'aurai beau faire, beau vouloir ne rien perdre, tout ne réapparaîtra pas. Revenant par bribes, parfois en lambeaux, il y aura toujours un temps auquel je n'aurai pas accès.

Dans l'immédiateté de ce qui m'est aujourd'hui proposé, dans le désordre de ce qui se déroule, tel que cela m'apparaît, tout ce que je vais trouver, qui va m'intéresser, n'appartient pas nécessairement à mon histoire.

En plongeant dans le passé des autres, est-ce quelque chose de mon propre passé que je vais découvrir ? Je ne sais pas. Alors je fais comme Robert Giraud qui se promenait si bien dans ce qu'ils livraient de leurs souvenirs. Ils lui tiennent compagnie. À moi aussi. Je passe de temps à autre au café Chez Victor où j'ai appris à jouer à la belote à quatre. J'arpente dans les deux sens la rue Oberkampf qui est devenue mon grenier. J'ai aussi appris à dialoguer avec elle, à lui poser de bonnes questions. Parfois, elle me répond. Dans sa partie haute se trouve le quartier des fondeurs de métaux. Un jour, ils appartiendront à l'histoire. En attendant, à l'heure de l'apéritif, on les retrouve au billard du Vins-charbons du 109. Ils ont le mérite d'exister. C'est ça aussi la marche du monde.

*

Laura est revenue de New York, où elle venait de passer quelques mois. Elle avait quelque chose pour moi, m'avait-elle dit au téléphone. Je lui suggérai de déjeuner Chez Nadine, où nous allions parfois. Elle jugea l'endroit trop bruyant. Nous nous sommes alors retrouvés chez un Grec tranquille en bas des Gobelins.

Nos conversations débutaient toujours par un blanc un peu douloureux. Laura le savait. C'est pourquoi, c'est elle chaque fois qui commençait à parler. De généralités d'abord. Et puis qui nous revoyions. « Tu as des nouvelles de Robert ? » Non, je n'avais pas de nouvelles de Robert. Comme à moi, elle lui avait envoyé une carte postale de New York. Celle que j'avais reçue représentait Joan Fontaine, l'héroïne de *Lettre d'une inconnue*.

Les souvenirs, comme les noms et les visages, se succédaient avant de s'absenter à nouveau. Puis Laura me parla de New York. De ce qui l'avait amenée à rester si longtemps. Elle y était allée afin de mettre en place une sorte de structure permettant d'accueillir des orchestres, et en particulier des orchestres de musique baroque réputés plus fragiles, dans des salles de concert ou dans le cadre de certains festivals.

Quel chemin l'avait amenée à entreprendre cette aventure ? La musique ? La musique, oui, bien sûr. Mais surtout les concerts. « J'aime bien l'idée d'organiser des concerts auxquels j'aimerais assister. Et le goût des rencontres. Et celui des voyages qui permettent ces rencontres. »

À New York, elle avait assisté à un concert donné par Bob Dylan. Elle en était sortie bouleversée et avait acheté tous ses disques. Il y en avait un qu'elle tenait absolument à m'offrir : *Blowin' in the Wind*. Elle me demandait de l'écouter attentivement. « Moi je l'écoute tous les jours. »

« Combien de routes un homme doit-il suivre / Avant qu'on l'appelle un homme ? » C'est par cette question que commençait la chanson, et la réponse, disait Bob Dylan, est « soufflée par le vent ». Et parce que les réponses, chaque fois, appelaient d'autres questions, la chanson se terminait ainsi :

Combien de fois faut-il lever les yeux
Avant d'apercevoir le ciel ?
Oui, combien d'oreilles faut-il à un seul homme
Avant qu'il entende les autres pleurer ?
Oui, combien de morts avant qu'il comprenne
Que le nombre est déjà trop grand ?
La réponse, mon ami, est soufflée par le vent
La réponse est soufflée par le vent[1].

1. Traduit de l'anglais par Robert Louit et Didier Pemerle (Fayard 2008).

« Combien de larmes un homme doit-il verser avant d'écrire une telle chanson ? » m'avait dit Laura en me remettant le disque.

How many times must a man look up
Before he can see the sky ?
Yes'n' how many years must one man have
Before he can hear people cry ?
Yes'n' how many deaths will it take till he knows
That too many people have died ?
The answer, my friend, is blowin' in the wind
The answer, is blowin' in the wind.

20

Aujourd'hui je retourne en Pologne. Je retourne en Pologne sans y être jamais allé. Je suis dans le car qui mène de Cracovie à Auschwitz.

Nous sommes une vingtaine partis très tôt ce matin de Paris. Nous parlons peu. C'est un voyage qui rend muet.

Un poteau indicateur fléché : Oswiecim (Auschwitz en polonais), signale que nous arrivons bientôt.

À Birkenau, près de la Judenrampe, où commence la visite, une guide nous attend. Elle est jeune encore, à peine plus de trente ans. Dans la journée, elle m'apprendra qu'elle a une licence de lettres. Si elle a choisi d'être guide, me dit-elle, ici à Auschwitz, c'est pour essayer de comprendre. Bien qu'elle croie qu'on ne pourra jamais tout comprendre, me dit-elle encore. Alors elle apprend. Elle lit ce qui peut être lu. Mais c'est surtout dans le regard des survivants qu'elle apprend. Ce sont les seuls qui savent — et elle semble penser à haute voix —, nous, on ne saura jamais vraiment.

Je ne sais pas quels sont les autres qui font la visite avec moi. Il y a deux femmes qui depuis que nous sommes descendus du car se tiennent par la main. L'une d'elles, la plus âgée semble-t-il, n'a pas lâché une valise qu'elle traîne depuis Paris. Je fais la connaissance de la plus jeune. Elles sont sœurs.

« Ma sœur voulait absolument me montrer ce camp où elle avait été déportée. Alors elle essaye de me raconter. Mais c'est difficile.

— Mais la valise ? Pourquoi la valise ?

— Elle est pleine de pull-overs. Marceline avait tellement eu froid que cette nuit, juste avant le départ, elle en a rempli une valise. »

Nous marchons beaucoup. Nous marchons sur les traces de ce qui a été. De ceux qui ont été.

Il reste les ruines des chambres à gaz et des fours crématoires, détruits, dynamités par les assassins afin qu'aucune trace, aucun vestige, ne demeure et ne puisse témoigner de l'extermination.

Visite du bloc sanitaire par où les déportés passaient dès leur arrivée : abandon des objets et des vêtements. Rasage des cheveux. Tatouage. Vêtement rayé. Lieu où en quelques heures un Juif passait de l'état d'être humain à celui de numéro.

Et puis, à l'entrée du camp d'Auschwitz, le slogan : Arbeit marcht frei.

Et les blocks transformés en musée.

Alors, derrière les vitrines, les boîtes de zyklon B.

Les cheveux. Deux tonnes de cheveux. Les béquilles, les jambes de bois. Par milliers. Des casseroles émaillées, des ustensiles de cuisine, des brosses et des boîtes de cirage (les gens en partant pensaient travailler et vivre ailleurs). Plus d'un million de paires de chaussures de chaque côté d'un long couloir. Et, séparées des autres, des chaussures d'enfants. Une montagne. Et une montagne de paires de lunettes. (Derrière chaque paire de lunettes il y avait une vie, nous dit la guide.) Plus loin, des valises. Combien de milliers de valises ? Là, les visiteurs ralentissent, certains s'arrêtent. Sur chaque valise, un nom tracé à la peinture. Et les têtes se penchent. À gauche, à droite, dans l'espoir d'y lire un nom : celui de ses parents.

« C'est le moment que je redoute le plus, m'a dit la guide en sortant du block, celui où un enfant, un parent, croyant reconnaître une valise à cause d'un nom, ne parviendrait plus à quitter ce lieu. »

Je savais que je n'aurais pas à subir cette épreuve. Une inscription cependant avait retenu mon attention : Marie Kafka Prag. XIII 833. Qui était cette Marie Kafka ?

Après, il y eut d'autres blocks. Blocks composés de documents, de photographies, qui eux aussi témoignaient de l'anéantissement. Photographies que les déportés avaient sur eux au moment de leur arrestation. Photos de mariage, photos de famille, photos d'identité, photos de rabbins, d'hommes pieux, le talith reposant sur les épaules, photos d'enfants en vacances ou à l'école. Je n'ai pas noté le numéro du block consacré aux déportés venant de France. Celui où naturellement on nous conduisit d'abord. Je n'ai pas entendu ce que dans ce lieu la guide nous disait. Il y avait là, devant moi, la photographie de mon père. Celle que je connaissais et que j'avais toujours vue dans son cadre de cuir brun posée sur le buffet de la salle à manger. Sur cette photo, considérablement agrandie, mon père avait retrouvé sa dimension d'homme. Nous étions là, ensemble, debout, tout près, l'un en face de l'autre, dans la même immobilité. Nous avions le même âge. Il me souriait.

DU MÊME AUTEUR

Aux Éditions P.O.L

QUOI DE NEUF SUR LA GUERRE ?, *roman*, prix du Livre Inter 1994 (Folio nº 2690 ; La Bibliothèque Gallimard nº 56, *lecture accompagnée par Jean Bardet*)

RÉCITS D'ELLIS ISLAND, *avec Georges Perec*, 1994

BERG ET BECK, *roman*, 1999 (Folio nº 3496)

LAISSÉES-POUR-COMPTE, *roman*, 2005 (Folio nº 4561)

ON NE PEUT PLUS DORMIR TRANQUILLE QUAND ON A UNE FOIS OUVERT LES YEUX, *roman*, 2010 (Folio nº 5360)

Composition Igs
Impression Maury-Imprimeur
45330 Malesherbes
le 15 janvier 2012.
Dépôt légal : janvier 2012.
Numéro d'imprimeur : 170371.

ISBN 978-2-07-044559-2. / Imprimé en France.

237485